MEMORY

螺旋の記憶

Yasunori Yoshida

吉田恭教

MWS

南雲堂

MEMORY——螺旋の記憶

目次

装幀　岡　孝治

写真：Linda Blazic-Mirosevic/Shutterstock.com
twisteddns/Shutterstock.com

プロローグ

三月十八日――

浮気調査を終えて事務所に戻った鏡博文《かがみひろふみ》は、いつものようにデスクの固定電話に目を向けた。留守電に調査依頼が入っていないか確認だ。しかし残念ながら、留守電ボタンは点滅していなかった。次いで薬缶《やかん》に水を入れてガスコンロにかけ、茶渋がついたマグカップにインスタントコーヒーを入れる。ほどなくして薬缶が蒸気を上げ、マグカップに湯を注いでデスクに置いた。

さて、報告書を作るか――。

コーヒーを一口含み、ＰＣを立ち上げた。

豊島区に住む女性から『夫の浮気調査をして欲しい』と依頼があったのは十日前のことだった。そして連日の張り込みと尾行の末、今日になってようやく、対象者が浮気相手の女性と接触した。密会場所は北区赤羽にあるラブホテルで、二人がそこに入る写真と出てくる写真もカメラに収めてある。この調査のお陰で今月は赤字にならずに済みそうだ。

警察を辞めて一年余り、警視庁組織犯罪対策部の刑事だった頃は金の心配などしたことはなかったが、いざ退職して探偵事務所を構えてみると、資金繰りの大変さが骨身に染みて分かった。探偵事務所の所長と言えば聞こえは良いものの、一人で切り盛りしているから電話番から雑用係まで全部熟《こな》さなければならず、正直なところ、妻のパート収入がなければ疾《と》うに潰れていたと思う。そんなわけだから妻には頭が上がらない。

ディスプレイがデスクトップ画面になった矢先、デスクの固定電話が高らかに鳴った。依頼であることを祈りつつ受話器に手を伸ばす。

「はい。鏡探偵事務所です」

《あのぅ――》

女性の声だった。

「調査のご依頼ですか？」

《――はい……》

やった！

思わずガッツポーズが出る。だが、声のニュアンスから察するところ、まだ調査を迷っているように思えた。浮気調査か、それとも素行調査か。

「どのような調査でしょう？」

努めて丁寧に話しかけたものの、相手が沈黙してしまった。

やはり迷っているのだろう。この客を逃がしてなるものか。今月は一人娘の誕生日もあるから、気の利いたプレゼントの一つでも買ってやりたい。切らないでくれよと願い、「秘密は厳守いたしますので」と続けた。

幸い電話が切られることはなく、蚊の鳴くような声が聞こえてきた。
《確かめていただきたいことがあるんです……》
「確かめる？」
《ええ――。ある人物のことを……》
素行調査か？
「分かりました。詳しいお話を聞かせていただきたいので事務所においで願えませんか。ご都合は？」
《これからお伺いしても構いませんか？》
「勿論です。お名前をお聞かせください」
《島崎《しまざき》――と申します》
「島崎様ですね。弊社の場所は分かりますか？」
《はい、ホームページに地図が載っていますから――。一時間余りで行けると思います》
「では、お待ちしております」
クライアントが電話を切り、鏡も受話器を置いた。すぐに携帯を出して妻を呼び出す。
「悪い。ちょっと遅くなりそうだ」
《え？　調査は終わったんじゃないの？》
事務所に戻る途中で妻に電話し、調査が終わったから晩飯は家で食べると伝えたのだった。
「新規の依頼が入りそうなんだよ。クライアントがこれから事務所にくる」
《あらそう！》妻が声を弾ませた。《そのクライアント、逃がしちゃダメよ》

「分かってる。それじゃな」

携帯を切って報告書の作成に取りかかった。

一時間経たずに事務所のガラスドアが開き、黒いロングコートを着たスリムな女性が入ってきて「島崎ですが」と告げた。髪はセミロングで濃いブラウンに染めている。

声の感じから憔悴《しょうすい》した女性を想像していたが、そんな雰囲気は微塵も感じられない。光沢を放つ髪といい、背筋がまっすぐに伸びた立ち姿といい、整った顔立ちといい、セレブのような雰囲気を醸し出している。年齢は三十代半ばといったところだ。

「お待ちしておりました」

衝立《ついたて》の向こうの応接スペースにクライアントを案内し、コーヒーを出して本題に入った。

「確かめたいことがあると仰っていましたが？」

クライアントが小さな溜息をつき、「ええ」と答えた。そしてショルダーバッグから手帳を出してページを捲っていく。

クライアントの行動を見守るうち、彼女が手の動きを止めた。

「トズラという地名をご存知ですか？」

「トズラ？」初めて聞く。「いいえ。どんな字を書きます？」

「多分これだと思うんですけど」

クライアントが手帳をテーブルに置く。

「拝見します」

開かれたページには、留守の留に浦島の浦と書かれていた。これで留浦《とずら》と読むのか――。しかしクライアントは、多分これだと思うと言った。本人もよく分かっていないということだ。

「インターネットで調べたところ、その留浦という場所しか見つかりませんでした。本当は他にもトズラという地名があるのかもしれませんけど――」

「では、調べたい人物が、トズラという土地と深く関わりがあるということですね」

「そうなんです。その紙に書いた留浦という場所は東京都西多摩郡奥多摩町にあって、江戸時代は徳川幕府の天領だったそうです。明治以後は留浦村、川野村、河内村、原村の四つが統合された小河内村と呼ばれるようになり、昭和三十年以後は西多摩郡奥多摩町に改名されたといいます」

奥多摩町の留浦ではなかった場合、日本地図を精査することになりそうだ。

「分かっているのは、トズラには酒蔵《さかぐら》があって、そこの当主がタキタユキヒデという人物であるということだけです。そのユキヒデのことを調べていただきたいんです」

「タキタさんですが、どんな字を書きます？」

「分かりません」

奇妙な依頼だ。依頼者が調査対象者の名前の字も分からないとは――。

「留浦に造り酒屋があるかどうか調べられました？」

「ええ。インターネットと電話帳で調べたんですけど、一軒もありませんでした。でも、蔵を畳んだかもしれませんし」

それは有り得るが――。それにしてもこのクライアント、何か重大なことを隠して調査依頼をしているような気がする。元刑事の勘だ。

「費用は幾らかかってもかまいません。調べていただけませんか」

クライアントが懇願《こんがん》するような目を向けてくる。

厄介な調査になるような気もするが、事務所の経営は火の車。経費はこっちの言い値で構わないと言うし、この依頼を受けないわけにはいかない。改めて手帳を見た。

留浦――。タキタユキヒデ――、酒蔵――。

奥多摩町の留浦に足を運んでみることにした。

「調査させていただきます」

硬かったクライアントの表情が和《なご》む。

「ありがとうございます」


その後、調査費用等の説明をし、「よろしくお願いします」と言ったクライアントを見送った。

彼女は何を隠しているのだろう？　とりあえず妻に電話だ。

すぐに妻が出て、《どうだった？》と問う。

「依頼、ゲットしたぞ」

《よかったぁ》

相好を崩《くず》す妻が見えるようだった。

「条件もいいんだぞ。調査費は幾らかかっても構わないってさ」

《へえ〜。浮気調査？》

「それが、ちょっと奇妙な依頼でな――」

ざっと話すと、《犯罪が絡んでなければいいけど》と妻が不安そうに言った。

「それならそれで何とかするさ。一応、元刑事だからな。これから帰る」

＊＊＊

三月十九日――

奥多摩町留浦に到着したのは午前十一時過ぎだった。まずは片っ端から酒屋を当たる。タキタユキヒデは酒蔵の当主だったのだから、その酒蔵が留浦界隈の酒屋に酒を卸《おろ》していても不思議ではない。電話帳で探したところ五軒の酒屋があることが分かり、住所も調べた。

カーナビの指示に従い、ほどなくして最初の酒屋に到着した。間口二間《まぐちにけん》ほどの小さな店で、表にはビールと日本酒、ジュース類の自動販売機がある。

中は酒屋というより昔ながらの万屋《よろずや》といった佇《たたず》まいで、酒類の他に野菜やパン、菓子類が棚に並べられている。だが、誰もおらず、奥に入って「ごめんください」と声をかけた。

すぐにパーマ頭の中年女性が奥から出てきて、「いらっしゃいませ」と言う。話だけ訊《き》くのは気が引ける。菓子パンを二つ三つ手に取った。

「これ下さい」

女性がレジを打ってパンを袋に入れる。

「つかぬことをお伺いしますが、以前この地区に、酒蔵はありませんでしたか？」

「酒蔵？」女性が首を捻った。「聞いたことありませんねぇ。でも、私がここに嫁にくる前はあったかもしれませんけど」

「留浦のご出身じゃないんですか」

「ええ。十五年ほど前に北海道からきました」

となると、酒蔵があったとしても十五年以上前ということになる。

「では、ご家族のどなたか、酒蔵のことをご存知じゃないでしょうか？」

「主人なら知っているかもしれませんけど、仕事で出ておりまして――」

電話して訊き出せとも言えず、次の酒屋に行くことにした。「どうも」と言って袋を受け取り、車に戻って次の目的地をカーナビに打ち込んだ。

それから二軒回ったものの、一軒は配達に出かけているのか誰も出てこず、もう一軒には店番の中学生しかいなかった。当然、中学生が酒蔵のことを知っているわけもなく、四軒目に向かった。

四軒目は、勾配《こうばい》のきつい道を上り切った所にあった。年季の入ったコンクリートの建屋で、所々、外壁にヒビが入っている。この店も間口二間ほどで、中に入ると、腰の曲がった婆さんが棚にパンを並べていた。

「いらっしゃい」

例の如く、菓子パンを二つ手に取る。

「これ下さい」

「はいはい」

老婆は耳も頭もしっかりしているようで、暗算で金額を弾き出した。

「あのぅ、ちょっとお尋ねしたいことがあるんですが」

「なぁに？」

「以前この地区に、酒蔵がありませんでしたか？」

「ありましたよ」

あった！　やはり、クライアントの言ったトズラはここか！

「蔵を畳んでもう随分になるけどねぇ。確か孫が生まれた年だったから二十年以上前になるかしら」

二十年以上も経っているとなると、当主が存命でない可能性も出てきた。そうなら厄介だ。クライアントの依頼はタキタユキヒデの人物像。本人からは話を訊けない。

「何という酒蔵でした？　ひょっとして、タキタ酒造とかじゃ？」

「いいえ、そんな名前じゃなかったわねぇ。うちにもお酒を卸してくれていたんだけど――。何だったかしら？」

しばらく待ったが、婆さんの口から答えは出なかった。

「酒蔵の方達は今も留浦に？」

老婆が首を捻る。

「どうかしらねぇ?」

「酒蔵の場所はどの辺りでした?」

「役場の近くよ。今は後藤マートっていうスーパーになっているけど」

「スーパー?」

「そこの社長さんが酒蔵を買い取ってスーパーにしたのよ」

では、スーパーの経営者に会えば何か分かるかもしれない。

「どうもありがとうございました」


スーパーはすぐに見つかった。レンタルビデオ店と書店が併設されているから多角経営かもしれない。

レジに足を運んで社長に面会したいと申し出ると、すぐにメタボ体型の男性が現われて専務だと名乗った。

年齢は二十代といったところだから、かなり若い専務だ。恐らく、社長の息子ではないだろうか。

「生憎、社長は出かけておりまして」と専務が言う。

いないのなら仕方がない。この男から話を訊くことにした。

「私、探偵をしております」

自己紹介すると、専務が驚いた顔をした。

「探偵さん?」

「そうなんです、ちょっと調べていることがありまして――。こちらのスーパーが建つ前、ここは酒蔵だったと聞きました」

「ああ、そうですよ。曙《あけぼの》酒造だったかな」

「所有していた方のお名前は？」

「滝田《たきた》さんだったと思いますけど」

やっと見つけた！

「どんな字を書きます？」

「滝壺の滝に田んぼの田だったかと。父が曙酒造を買ってスーパーとレンタルビデオ店にして、書店は後になって建てたんです」

そんなことはどうでもいい。

「滝田さんは今どちらに？」

専務が首筋を摩る。

「知らないなぁ」

仕方がない。こうなったら法務局に行って登記簿の確認だ。この土地の売り主の名前が記されているはずである。登記簿の閲覧は個人情報保護法の適用外だから誰でも可能。

「すみませんが、こちらの住所を教えてください」

住所を教えてもらって車に戻り、携帯で法務局のホームページを見た。西多摩支局があると書かれている。

移動すること三十分、東京法務局西多摩支局に到着した。

早速、あのスーパーの住所を職員に伝えて登記簿の閲覧を申し出た。

待つこと五分余り、分厚いバインダーが渡され、付箋《ふせん》が付いたページを開いた。土地の前所有者は滝田康夫《やすお》という人物になっており、土地を売ったのは二十一年前。

滝田ユキヒデは酒蔵の当主だったとのことだが、土地の所有者は別か――。

この康夫という人物の戸籍を調べ、縁者にユキヒデがいないか確認だ。

そのページをコピーしてもらい、外に出て総務省勤務の従弟《いとこ》を呼び出した。

「俺だ。アルバイトしてくれ」

《またか――》

「そう言うな。助けると思ってさ」

総務省は戸籍を管轄する総元締めで、当然、そこに勤務している職員なら戸籍閲覧は思いのまま。無論、個人情報保護法があるから勝手に他人の戸籍情報を渡すことは違法だが、そこはそれ、従弟の仲でもあるし、ちゃんと報酬も支払っている。まあ、多かれ少なかれ、探偵社や興信所に戸籍情報を流す公務員がいるのは事実で、だからこそ探偵業が成り立っているとも言えるが、従弟が総務省職員であることは有難いの一言だ。

《しょうがないなぁ。名前は?》

「滝田康夫、滝壺の滝に田んぼの田、健康の康に夫《おっと》だ。住所は二十一年前のものしか分からないけど、いいか?」

《随分前だな。まあいいや、何とか調べる》
「言うぞ。東京都西多摩郡奥多摩町留浦」
《トズラ？》
「ああ。留守の留に浦島の浦と書く」
《そんな所があるんだな。番地は？》
「六―八―九だ」
《一時間くれ》
「待ってる」
通話を終えて車に戻ると腹の虫が鳴き始め、さっき買った菓子パンの袋を開けた。

一時間きっかりで携帯が鳴った。従弟からである。
《分かったぞ》
手帳を出してボールペンを握る。
「言ってくれ」
《滝田康夫は存命で、現在四十五歳。現住所は東京都港区三田二丁目○○。家族は妻と娘の二人、両親と兄は死亡、父親は二十三年前で母親は三十年前、兄が死んだのは二十二年前だ》
「父親と兄の名前は？」
《父親は保仁《やすひと》、兄は幸秀《ゆきひで》》

見つけた！　だが、二十二年前に死んでいる。曙酒造を畳む一年前だ。

「ユキヒデの字は？」

《幸に秀才の秀》

幸秀のことは実弟の康夫に尋ねるしかなさそうだ。しかし、クライアントは幸秀が酒蔵の当主だと話しておきながら、滝田幸秀がどんな字を書くのかさえも知らなかったし、酒蔵が奥多摩の留浦にあることも確信していなかった。それなのに、幸秀が酒蔵の当主であるとどうして言い切れたのか？

誰かから聞いたのなら、わざわざ探偵を使ってまで幸秀のことを調べるまでもないだろう。

やはり何かを隠しているようだが、依頼は幸秀の人物像の調査だから彼女の内心にまで踏み込むのはルール違反である。しかし、どうも気になる。

《他に訊きたいことは？》

「もう十分だ。バイト代、いつもの口座に振り込んでおくから」

通話を終えて滝田康夫の住所を読み返した。

港区三田か――。

すんなりと兄のことを教えてくれればいいのだが――。

午後八時――
滝田康夫の自宅は板塀に囲まれた立派な日本家屋だった。敷地は百坪以上ありそうだ。高級住宅地の三田でこれだけの家なら三億は下るまい。門もこれまた立派な造りで、大きな表札には『滝田』の名前が彫られている。
酒蔵を売った金で建てたかどうかは分からないが、康夫が資産家なのは間違いない。夜ならいるだろうと思ってこの時間を選んだから、帰宅していることを願った――。
門横の通用口にあるインターホンを押すと、すぐに低い声の男性が出た。
「夜分に恐れ入ります。滝田康夫さんはご在宅でしょうか？」
《私ですが》
いてくれた。
「私、鏡と申します。探偵をしておりまして、滝田さんにお伺いしたいことがあって参りました」
《探偵？》
声のトーンが変わった。驚いているようだが、それはいつものことだ。探偵は小説やドラマの世界の人種と思われている。
《訊きたいことって？》
有難い、相手にしてくれた。三割の人間は、探偵と聞いただけで梨《なし》の礫《つぶて》になる。
「あなたのお兄さんの幸秀さんのことです」
《兄はもう随分前に死にましたよ》
「それは存じていますが、どのような方だったか教えていただけませんか」
《そんなこと、誰に頼まれたんですか？》
当然の疑問だ。しかし、クライアントの素性は明かせない。

「申しわけありません。守秘義務があって依頼主のお名前と依頼内容は教えられないんです」

《いきなり訪ねてきて、随分と勝手な言い分だな》

確かにそう思う。だが、致し方ないのだ。

「失礼は十分に承知しておりますが、何とか」

《帰れ！》

完全に怒らせてしまったようだが、どうしてこの程度のことで怒る？

「そんなこと仰らずに」

取り繕《つくろ》ったが無駄だった。それっきり康夫の声は聞こえてこなかった。

仕方がない。曙酒造で働いていた人物を探し出して話を訊くしかないだろう。だが、どうやって探し出すか？

そうか！

酒蔵で働いていた人間が全く別の職業を選ぶだろうか？　いや、経験を生かしてどこかの酒蔵に移った方が遥かに効率的だ。しかし、個人情報保護法があるから電話での問い合わせでは埒《らち》が明くまい。こうなったら足を使い、関東一円の酒蔵を片っ端から当たるしかなさそうだ。

＊＊＊

四月三日——

ＪＲ高崎駅に降り立った鏡は、今度こそいてくれよと呟《つぶや》いてホームの階段を下りた。あれから二週間かけて東京、神奈川、千葉、埼玉の酒蔵を全て当たったが、曙酒造で働いていた職人は見つからず、今日からは北関東の酒蔵を当たることにしたのだった。

駅舎を出て、ロータリーで客待ちをしているタクシーに乗る。

「北尾《きたお》酒造って分かりますか？」

運転手が頷いた。

車に揺られること十五分余り、高い煙突がある大きな旧家の前でタクシーは止まった。店先には杉玉がぶら下げられており、うだつの横に『北尾酒造』の大看板も掲げられている。間口は五間以上ありそうで、ガラス引き戸もサッシではなく木製だ。

タクシーを降り、祈るような思いで店の引き戸を開けた。足元は土間で奥行きがある広い空間、中央には身長ほどもある大きな酒樽が二つディスプレイされ、それを囲むように木製の円形ベンチが配されている。酒の販売も行っているようで、酒棚には一升瓶がびっしりと並んでいる。

仕事でなければ利き酒でもしたいところだが――。

「ごめんください」

少々大きな声をかけると、ややあってから着物姿の女性が暖簾《のれん》を腕押しして現われた。歳は四十代か。そこはかとなく色香が漂い、泣き黒子《ぼくろ》が印象的だ。

「いらっしゃいませ」

「すみません、客じゃないんです。日本酒のルポライターをしておりまして、取材をさせていただけないかと」

いきなり探偵と言ったら追い返されるかもしれず､今回はライターを装った。偽の名刺を出して渡す。

「あら、ライターさん」女性が名刺に視線を落とす。「ご苦労様です」

「女将さんですか？」

「はい」

「取材、どうでしょうか？　まあ、原稿が没になることもあるんですが――」

会釈と共に「いいですよ」の返事があった。

それから蔵の歴史、酒造りのポリシー、今後の展望などの質問をし、最後に曙酒造に関する質問に移った。

「もう二十年以上も前になるんですけど、東京の奥多摩に曙酒造という酒蔵があったんです。聞くところによると個性的な酒を造っていたとかで、何とか取材できないかとそこで働いていた職人さんを探しているんですが、こちらに移ってこられたということはないでしょうか？」

「一人いますよ」

「本当ですか！」

やっとみつけた。

「ええ、うちの杜氏《とうじ》さんです」

「今、こちらに？」

「いいえ。オフシーズンですから、家で畑仕事でもなさってるんじゃないかしら」

「杜氏さんのお宅はどちらでしょう？」

「高崎市内です」

「アポを取りたいんですが――」

連絡先を教えて欲しいと言いかけたところで、女将が「電話してあげましょうか？」と言ってくれた。

「助かります。お願いします」

女将が奥に引っ込み、ほどなくして戻ってきた。

「お話を伺うから自宅まできて欲しいと」

有難い。いきなり訪ねていたらこうはいかなかったかもしれない。女将に感謝である。

「お手数をおかけしまして――」

女将が住所を書いたメモを渡してくれた。杜氏の名前は立石茂《たていししげる》。だが、このまま帰るのは気が引けるし、せっかく酒蔵にきているのだから酒を買って帰ることにした。

「ところで、生酒はありますか？」

「ございますよ」

「見せて下さい」

女将が草履を履いて酒棚まで移動し、おもむろに緑色の一升瓶を摑んで「これです」と言う。

『北錦《きたにしき》』と書かれたラベルが貼ってあるが、日本酒には少々うるさいから醸造用アルコールが入っていない純米酒でなければ却下だ。そもそも、醸造用アルコールは大量生産を目的として使われる。だから、本物の日本酒にこだわる酒蔵はそんなものなど使わない。

幸いこれは純米吟醸で、好みの辛口でもあった。

「お幾らですか？」

「四千三百円です」

結構な値段だが、情報料だと割り切って買うことにした。


教えられた住所に行くと、そこはモダンな造りの一軒家だった。杜氏の家だから日本家屋だと思い込んでいたのだが——。

インターホンを押して身分を告げるや、《ああ、女将さんから電話をもらいましたよ》の声があり、すぐに小柄な老人が玄関から出てきた。小太りで丸顔、垂れた目尻、いかにも好々爺《こうこうや》といった印象だ。

「鏡と申します」

「立石です。どうぞ、入って下さい」

通されたのはフローリングのリビングで、出窓には花が活《い》けてある。

名刺交換を終え、振舞われた茶に口をつけた。

「女将さんから電話をもらって驚きました。今頃になって曙酒造の名を聞くとは思いもしませんでしたから。あの酒蔵が閉められた時、私は五十歳になったばかりでね。この先どうしようかと途方に暮れていたら、杜氏さんが北尾酒造を紹介してくれました。以来今まで、北尾酒造のお世話になっています」

杜氏にまでなったのだ。人一倍努力もしたのだろう。

「留浦で個性的な酒を造っていた酒蔵があったと聞いて、ライターの食指が動きました。どんなお酒だったんでしょうか」

「どれもかなりの辛口でした。でも、個性的と言えるほどの酒だったかなぁ。噂には尾ひれがつくと言いますから、その類《たぐい》じゃないかと」

こっちはデタラメを並べ立てている。立石がそう言うのもむべなるかな。

「ですが、飲んでみたかったですねぇ」

「悪い酒じゃなかったですよ」と言った立石が湯呑に手を伸ばした。

「ところで、曙酒造はどうして蔵を畳んだんです？　二十年以上前だって聞きましたが」

「それがねぇ――」立石が湯呑を持ったまま溜息をつく。「ご当主が亡くなったんですよ」

「滝田幸秀さんでしたよね」

「ええ、よくご存知ですね」

「留浦で取材していて知りました。まだお若かったそうですが、ご病気で？　それとも事故で？」

立石の顔が明らかに曇った。それ以外の死に方ということか？　となると自殺？　あるいは殺人か？

ややあって、「自殺したんですよ」と立石が言った。「蔵で首を吊ってね。酒蔵を継いで一年も経っていなかったなぁ。逞しい青年で幼い頃から利発でもあったんだけど……。可哀想に――」

調査対象者が自殺していた？　クライアントの不可解な言動といい、やはり何か臭う。クライアントは何を隠している？

「どうして自殺なんか？」

「はっきりしたことは分からんのですけど、酒蔵の経営は大変ですから、それを苦にしたのかもしれませんね。そんなわけで次男さんが家督を継いだんですが、酒蔵の経営なんかまっぴらだと言って――。杜氏も職人達も、全力で支えるから蔵を存続させて欲しいと頼んだんですけど、とうとう首を縦に振りませんでした」

そして弟の康夫は港区三田に居を移したか。それにしても、滝田幸秀が自殺していたとは――。

「それで蔵をねぇ――。勿体ないなぁ」

「そうなんですよ、次男さんが継いでくれていれば――」

察するところ、酒蔵の土地を売った金で三田に家を建てたのだろう。留浦といえどもあの広大な土地を売ればかなりの額が入ったに違いない。

できれば幸秀の写真を見てみたいが、そこまで要求したらさすがに怪しまれる。何かいい方法はないだろうか？

そうだ！　当時の蔵の写真を見せてもらえば幸秀が写っているかもしれない。

「曙酒造で働かれていた時の写真ってお持ちじゃありませんか？　趣味で酒蔵の写真を集めて小冊子にしているもので」

「ありますよ。ちょっと待っていてください、取ってきますから」

「お願いします」

立石が「よっこいしょ」と言って立ち上がった。

写真はすぐに渡された。酒造りの工程が幾枚もの写真に収められており、最後は酒蔵前での集合写真だった。

「後列の真ん中にいる大きな青年が幸秀さんですよ」

集合写真だから一人一人は小さく写っているが、顔の判別に問題はない。幸秀は髪を七三に分け、バブル期に流行った太い黒縁眼鏡をかけている。

「立派な体格をされていますね」

「高校、大学とラグビーをされていましたからね。花園にも行ったんですよ」

ラグビー版甲子園だ。

「そりゃ凄い！」

「私はあの日、風邪を引いて仕事を休んでいたんですが、同僚から電話があって、幸秀さんが自殺したことを教えられました」

「気の毒に――」カメラを出して写真を撮影していった。「どうもありがとうございました」

「いえいえ。こちらこそ、懐かしい思いをさせていただきました」

依頼は滝田幸秀の人となりを調べること。本人が死んでいるし調査はここまでだ。

エピソード――1

九年後――

気が付くと、青白く光る狭い螺旋階段を下りていた。その光は夜光虫が放つ淡い光彩に似ているが、見えるのはそれだけで周りは完全なる漆黒《しっこく》の闇。階段だけが遥か下まで続いている。

自分の足音さえも聞こえず、無音の闇に押し潰されそうだ。この闇が音という音を消し去っているのだろうか？

ふと上を見て息を吞んだ。どうしたことか、今まで下りてきた階段が消え失せているのである。帰る術を断たれたという不安が湧き起こり、知らず、足を止めた。

これ以上は進むべきではない。

魂が警鐘を鳴らすが、それを打ち消すかの如く、どこからか女性の声がした。

下りて――。下りて――。

この先に何があるというのか？

さあ、下りて――。

再び声がする。諭すような、心が落ち着くような優しい響きだった。

引き返そうにもそれは叶わない。もう行くしかなさそうだ。

意を決し、恐る恐る次の段に足を下ろした。手摺《てすり》を摑み、ゆっくりと、且つ、慎重に一段一段を踏みしめながら下を目指す。

この階段はどこまで続いているのだろう？

手摺から身を乗り出して下を覗いてみるが、あるのは闇ばかりで何も確認できない。

更に階段を下りると、不意に一瞬だけ目前に何か映った。映画館のスクリーンを連想させるが、何が映った？

緑色だったような気がしたが――。

立ち止まって目を瞬《しばた》かせ、闇を睨みつける。だが、闇が変化する兆しはまるでなかった。下り続ければまた何か見えるかもしれない。目的ができれば心も少しは晴れ、足を動かす気力が湧いてきた。

やがてまた、目前に何か映った。だが、今度は一瞬では消えなかった。

山だ！

さっき緑色に見えたのは山の緑だったようだ。どこの山だろう？

突如として映像が消え、また闇が舞い戻った。

行こうと独《ひと》りごち、階段を下り続けた。

それから頻繁に、だが一瞬だけの映像が闇に映し出されるようになった。清流、杉林、滝、鳥、着物姿の若い女、幼い子供等々。しかし、脈絡なく現われるそれらの映像に心当たりなどなく、頭の中は疑問の渦で満ちた。一つ言えるのは、階段を下りるほどに映像が鮮明化されていくことだ。

尚も階段を下りるうち、遥か下に光の筋が見えた。今までのような映像ではなく、明らかにどこかから差し込んでいる光だった。

あそこが終着点か！

逸《はや》る心を抑え切れず、階段を一気に駆け下りた。

何がある？　何を見せてくれる？

そう呟きつつ辿り着いたそこにあったものは、重厚感満点の、見事な螺鈿細工《らでんざいく》が施《ほどこ》された大きな扉だった。光の筋は扉の隙間から差していたのである。

この扉の向こうは光の世界か？　あるいは昼間の外界か？

心臓が大きな鼓動を打ち鳴らし、唾を飲み下してノブに手をかけた。だが、扉はびくともしない。

どうなっている？　隙間があるのだから鍵など掛かっているはずがない。もう一度だ。

今度は渾身の力を振り絞り、両手でノブを摑んで思い切り手前に引いた。

扉が軋《きし》んで僅かながら動く。

どうしてこんなに重いのか？

それからも同じ作業を繰り返し、遂に扉が大きく開いた。しかし、闇に慣れた目に光の洪水は刺激が強すぎたようで、見えるのは白い世界だけ。目を細めて光に慣れるのをひたすら待つ。

そしてようやく見えたものは――。

神社の鳥居の前で、若い男女が寄り添っている。男性は白っぽい短着物に緑色の角帯姿、女性は見事な鳳凰の柄の振袖に紅葉色の帯。二人は微笑んで見つめ合い、やがて唇を重ねた。

恋人達か——。

仲睦《なかむつ》まじい姿に心が和む。

しかし、扉が閉まり始めた。

待ってくれ！

ノブを摑んで閉まらないように踏ん張るものの、扉はお構いなしで閉じていく。遂には、無情にも大きな音を立てて閉じ、周りは闇に閉ざされてしまった。

あの二人は誰だ？　この扉さえなければ——。

肩を落として振り向くと、あの螺旋階段が遥か上まで続いていた。

第一章

1

六月七日　午後二時——

槙野《まきの》康平《こうへい》が野球の軟式ボールを投げるや、愛犬のニコルがまるで弾丸のようにボールを猛追した。周りにいる犬達のオーナー連中も、「速い！」「凄い！」と驚きの声を上げる。

本当に速いと思う。ジャーマンシェパードは元々牧羊犬だったそうだから、知能の高さと強靭なフィジカルを併せ持っているのだろう。今日は週に一度のドッグランの日だが、探偵という仕事の特殊性から決まった休みなど取れず、いつもは妻の麻子《あさこ》がニコルを連れてくる。ここにくるのは三ヵ月ぶりだった。

小型犬なら近所の公園で走らせることができても、大型犬をリードなしで遊ばせるわけにはいかず、ニコルが生後半年になったところでこのドッグランの会員になった。ニコルはここが気に入っているようで、友達もボクサー、ドーベルマン、ダックスフント等々、大小取り交ぜて数頭いる。

ボールに追いついたニコルに向かって、「おいで！」と麻子が号令をかけた。

だがニコルは従わず、ボールを咥《くわ》えては落とし、また咥えては落として、『お前がこっちにこい』とでも言わんばかりのリアクションをする。

「馬鹿にされてんな」

笑ってやると、麻子が横目でこっちを睨んだ。

「悪かったわね。全く、誰がゴハンあげてると思ってるのかしら？」

「ニコルからしたら、お前は飯を運んでくる手下ってところだ。犬社会は厳しい上下関係で成り立ってるから手下の言うことなんざ聞くわけがねぇ。みてろよ」指笛を吹き、「ニコル！　こい！」と大声を張り上げた。

しかしニコルは相変わらずで、『聞こえな〜い』を決め込み、ボールの上で転がって背中をマッサージしている。

「あんたも同じね」

麻子が小馬鹿にした顔で言う。

「あのバカタレ——。躾《しつけ》が足らねぇみてぇだな」駆け出してニコルの所まで行き、「拳骨だ」と言いつつ首輪に手を伸ばした。だが、ニコルはヒラリと身を躱《かわ》してボールを咥え、こっちと少し距離を取る。

「お前、ナメてんのか？」

脅しても無駄だった。ニコルはこっちをおちょくるように、周りを回ってはボールを落とす。『このボール、取れるもんなら取ってみ』と言いたげだ。

結局、取っ捕まえるどころか反対に遊ばれ、とうとう疲れ果てて芝生で大の字になるハメになった。

周りのオーナー達がクスクスと笑っている。

「ニコル！　おいで！」

再び麻子が呼ぶと、今度は素直に駆け出して行った。しかも尻尾まで振って——。

起き上がり、ボールを摑んで麻子の許に戻った。

麻子がペットボトルの水をステンレスボールに入れ、ニコルがそれを一気に飲み干す。

「ボスを馬鹿にしやがって、ふてぇ犬だ」

「鬼ごっこが好きなだけだよね」

麻子がニコルの頭を撫でる。

「男の子ですか？」

ゴールデンレトリバーを連れた女性が麻子に尋ねてきた。

「メスなんです」

「女の子？　随分大きいですね」

「はい。三八キロもあって——」

兄もダルという名のオスのシェパードを飼っていて、体重が五〇キロ近くある。ニコルがダルの子を産んだらどれだけデカい犬に育つか——。すでにダルと交配させているから近々妊娠の有無が分かると思うが、子犬の餌代のことまで考えるとゾッとする。


一時間近くニコルを遊ばせてドッグランを後にした。

国道を走るうちにトランクスペースから鼾が聞こえてきた。

「疲れて眠っちゃったみたいね。まるで子供」と麻子が言う。

すると携帯が鳴った。所長の鏡からだ。こんな日に電話してくるということは緊急招集か？　以前にも何度かあり、車を路肩に寄せた。

「槙野です」

打てば響くといったタイミングで《悪いんだが——》の声があった。

やはり呼び出しか。

「どうしたんです？」

《高畑《たかはた》さんから電話があって、ご主人が交通事故に遭われたそうなんだ。それで彼女を帰したんだけどな》

高畑は事務員で、受付と事務全般を担っている。その高畑が緊急帰宅したということは、現在、事務所は無人ということか。

「酷い事故なんですか？」

《いや、命に別状はないそうだ》

それは何より、不幸中の幸いだ。

《でな、俺は例の素行調査で手が離せないし、早瀬《はやせ》君も浮気調査の報告書をクライアントに見せに行っている。先生にも電話してみたんだが、今日は法事で名古屋の実家に帰ってるって言うじゃないか》

先生とは時々アルバイトで使う弁護士で、名前は高坂左京《こうさかさきょう》。

《休日手当は弾むから、俺が戻るまで事務所の番をしてくれないか。飛び込みの依頼者がくるかもしれないし、事務所を空にするわけにはいかん。頼む》

雇い主から頭を下げられて嫌ですとは言えない。

「行きますよ」

《そうか！》

「今、自宅の近くなんで一時間ほどかかりますけど」

《できるだけ急いでくれ。じゃ、頼んだぞ》

通話を終えて助手席の麻子に顔を向けた。

「聞いたとおりだ」

「事故って言ってたわね」

「うん。高畑さんの旦那が交通事故に遭ったとさ」

「あら……」

麻子が口に手を当てる。

ざっと鏡の話を伝え、「俺は近くの駅で降りるから、車、頼むな」と告げた。


電話番をするうちに午後五時を回り、デスクの固定電話が三度目の呼び出し音を高らかに鳴らした。

前の二回は間違い電話と勧誘の電話だったが、今度こそ依頼の電話か？

「はい。鏡探偵事務所です」

《島崎と申します。鏡さんはいらっしゃいますか？》

女性だ。

「外出しておりますが――」
《――そうですか……》
どことなく声に覇気が感じられないが――。
「お急ぎのご用件ですか？」
《ええ――》
「では、鏡に連絡を取ってみます」
《お願いします》
「そちらの連絡先は？」
携帯番号をメモし、受話器を置いて携帯で鏡を呼び出した。
ややあって、呼び出し音が《どうした？》の声に変わる。
「島崎さんという女性から電話がありました。急ぎの用だそうで、所長に連絡してみると伝えたんですけど」
《島崎？　誰だったかな？》
「知らないんですか？」
《会ったかもしれないが覚えてない。古いクライアントかもな》
「連絡先、聞いてますけど」
《メールで教えてくれ。かけてみる》
「はい。ところで、そちらはどんな状況です？」

《対象者を尾行中だ。お！　女と合流したぞ。切るからな》

通話を終えるとガラスドアが開き、髪をノーブルショートにした、サマーセーターにジーンズ姿の女性が入ってきた。同僚の早瀬未央《みお》だった。

「戻りました」

「ご苦労。クライアント、どんな様子だった？」

早瀬が溜息をつく。

「ご主人が浮気相手とホテルから出てくる写真を見た途端、泣き出してしまって」

「じゃあ、今夜は修羅場になるな。死人が出なきゃいいが」

「クライアントの自殺の方が心配です。見ていられないほど打ちひしがれている様子でしたし――」

「お前がそこまで心配することたぁねぇさ」

早瀬が自分のデスクに座ってＰＣを立ち上げた。

毎度思うが、どうしてこんな綺麗な女が探偵などする気になったのか？　早瀬と初めて会った時、彼女の目の奥に潜む得体の知れない何かを感じた。それは鏡も同様だったようで、早瀬が面接にきた時に、『放っておけないと感じて採用した』と話していた。だからこうして、早瀬は探偵という道を歩み始めたのだが、探偵になった本当の理由とは？

視線を感じたのか、早瀬がこっちに目を向ける。

「何か？」

「何でもねぇよ」

しばらくすると鏡から電話があった。
《島崎っていう女性のことだが、やっぱり古いクライアントだった。ところで、早瀬君は？》
「さっき戻ってきましたけど」
《じゃあ、こっちにくるよう言ってくれ。交代してもらいたいんだ》
「手こずってるんですか？」
《そうじゃない。島崎さんが、新たに依頼したいことがあるって言ってるから事務所に戻らなきゃならん。急ぎの依頼らしくてな》
「依頼内容なら俺が代わりに聞いておきますよ」
《今回ばかりはお前じゃダメなんだ。以前の依頼と関係しているそうで、当時のことを知っている俺がいてくれないと困るって言うもんだから――》
それなら仕方ないか――。
《彼女、午後六時に事務所にくることになったからお前も同席してくれ》
「分かりました、早瀬にも伝えておきます。そこの住所を」住所をメモして早瀬を見た。「所長から応援要請だ。住所はここに書いてある」
早瀬が立ち上がりメモを受け取った。
「大塚ですね」
「ああ。三十分もあれば行けるだろう」
「行ってきます」

早瀬が自分のデスクに戻り、ショルダーバッグを肩にかけた。

鏡が戻り、開口一番、「今日は暑いな」とぼやいた。それから開襟シャツのボタンを開け、団扇で胸に風を送り込む。

「所長。島崎さんのことですけど、以前の依頼って？」

「俺が事務所を構えて一年ほどした頃のことだ。奇妙な依頼でなぁ」

奇妙な依頼が舞い込むのはいつものことだが、鏡の口ぶりからすると、今回も厄介事が持ち込まれそうな気がしてきた。

鏡が調査記録を収めているスチールロッカーを開け、小難しい顔で中のバインダー群を睨みつける。

「あったあった」

鏡がバインダーを抜いてデスクに座り、槙野は席を立って鏡のデスクまで移動した。

鏡が指をひと舐めしてページを捲っていく。

「これだ。あれからもう九年か――」

「随分前ですね」

「うん。島崎さんは、見るからにセレブといった印象の女性だったが――」

ざっと説明を聞いた。

「本当に奇妙な依頼ですよね」

「だろ？　滝田家の次男には追い返されるし、クライアントはクライアントで、滝田幸秀のことを知っていた理由に口を噤《つぐ》む始末」

「理由を尋ねたんですか？」

「ああ。だけど、『あなたには関係ないことです』と言って、調査費を現金で払って出て行った」

「訊かれたくなかったってことでしょうけど――」そのクライアントが九年経った今、また新たな依頼を持ち込もうとしている。「それで、今回の依頼内容は？」

「滝田幸秀に関係しているそうだが、詳しいことは会って話すとさ」

「また滝田幸秀ですか――。それにしても、自殺していたなんて」

「曙酒造で働いていた立石っていう人物は、いきなり酒蔵の経営を任されたことで心労が溜まっていたんじゃないかって言ってたけどな。滝田幸秀が見つかったのは蔵の中だったそうだ。結局、次男が家督を継いだんだが酒蔵を売ってしまった。調査した当時、酒蔵の跡地はスーパーと書店、レンタルビデオ店になっていた。まだあるかなぁ？」

バインダーを手に取って紙面に視線を落とした。クライアントのフルネームは島崎京香《きようか》、三十四歳。現在は四十三歳か。滝田幸秀の顔写真も添付してある。

「これが滝田幸秀の写真ですか？」

「元は集合写真だったんだが拡大した」

「好青年って印象ですね」

「ああ。髪型といい黒縁の眼鏡といい、バブル期を象徴しているだろ？」

話をするうちに約束の時間となり、事務所のドアが開いてセミロングの巻き毛の女性が入ってきた。

整った顔立ちで背は高からず低からず、黒いブラウスにワインレッドのロングスカート、貴金属類は嫌味のない程度に身に着けている。ミセスのファッション雑誌から抜け出てきたかのような印象だが、どことなく表情が硬い。

鏡が立ち上がり「お久しぶりです。お元気でしたか？」と言って彼女に歩み寄った。

どうやら、この女性がクライアントの島崎らしい。確かにセレブといった印象だ。

鏡がこっちに目を向け、「コーヒーをお出しして」と言った。

それから応接スペースでの話となり、クライアントにコーヒーを出して自己紹介した。

「槙野と申します」

「あの時はお目にかかりませんでしたね」とクライアントが言う。

「私がこの事務所に入ったのは七年前ですから」

名刺を渡した。

「島崎と申します」

クライアントが頭を下げ、髪を右耳にかけた。ピアスはプラチナか。

「それで、今回の調査とは？　滝田幸秀さんに関係していると仰っていましたが」

鏡が切り出す。

クライアントが短く溜息をつく。

「息子を探していただきたいんです」

「息子さん？」

「ええ。二ヵ月前の四月十日、突然家を出てしまって――」

「では、息子さんの家出には滝田さんのことが関係しているということですか？」

「多分そうだと思います」

「多分？」と槙野は言った。「どうして滝田さんのことが関係していると思われるんです？」

クライアントが目を伏せた。

「何となく――」

九年前、鏡が滝田幸秀のことを尋ねた時、このクライアントは答えを拒否したという。そして今回も言葉を濁している。どうしても話したくないらしいが、これでは調査に支障をきたすどころか調査にすらならないかもしれない。とはいえ、ここは警察の取調室ではないから無理に訊き出すことはできなかった。鏡も同じ思いのようで、横顔には明らかに困惑の色が浮かんでいる。この調査を受けるべきかどうか迷っているのだろう。

「他に手がかりは？」

鏡が訊く。

「ありません。書置きには『探さないで』としか書かれていませんでしたし、息子の友人達も、何も知らされていないと」

そこまで言ったクライアントが両手で顔を覆った。

息子を心配する母親の想いがありありと伝わってくるが、息子が滝田幸秀の関係で家を出たとすると、息子も幸秀を知っていたことになる。九年前に鏡が書いた調査報告書を見たということか？　だが、そうであっても、元から幸秀のことを知っていないと調査報告書を見ただけではちんぷんかんぷんだったはずではないか。そのあたりのことを問い質したいが、この様子では答えてくれないだろう。鏡はどうする気か？　この依頼を受けるのか？　それとも断るのか？

「滝田さんの関係者を調べれば息子の行き先が分かるような気がしてなりません。どうか息子を見つけて下さい」

クライアントがショルダーバッグからハンカチを出し、涙を拭った。

口を尖らせて腕組みした鏡だったが、ややあって「分かりました」と答えた。

いつもならクライアントが隠し事をしていると見抜いた時点で依頼を断るのだが、今回はいつもとは違う。九年前に一度関わった調査であることから、無下《むげ》に断るわけにはいかないと考えたのだろう。

しかし、九年前の調査記録がそのまま使えるだろうか？　歳月は人を待たずという。滝田の関係者の現状も、置かれている環境も大きく変わっていると見るべきだ。

「ありがとうございます。費用は幾らかかってもかまいません」

クライアントがまたショルダーバッグを開け、今度は写真を出して鏡に渡した。

「息子の智輝《ともき》です。叡智の智に輝くと書きます。身長は一八〇センチで体重は七二・三キロ」

写真を見た鏡が、こっちにそれを渡した。

綺麗な顔の青年だ。見るからにサラサラといった髪で、涼しげな目元と通った鼻筋は母親譲りか。笑みを浮かべる口元から覗く真っ白な歯。絵に描いたような爽《さわ》やかさを放っており、芸能プロダクションの関係者が見たら即スカウトしそうだ。「息子さんはお幾つですか？」と尋ねた。

「先月十九歳になりました」

「学生さん？」

「はい。慶明義塾の」

私学の最高峰で学費もかなりかかると聞く。

「私と主人に内緒で休学届を出していて――」

そして書置きには『探さないで』か――。休学届を出しているなら計画的な家出のようだ。

「息子さんの特徴とかは？　例えば癖とか」

「そういったものはありませんけど、仕事を持っております」

最近は学生がベンチャービジネスを立ち上げることが多い。その手の類か？

「ＩＴ関係ですか？」

「いいえ。月城《つきしろ》恭介《きょうすけ》というペンネームで執筆活動を」

驚いた。

「作家さんですか！」

「ええ」

「月城さんというと」と鏡が言う。

読書なんかしないから作家の名前には疎《うと》いが、鏡は知っているような口ぶりだ。

「『亡者の軛《くびき》』とか『魍魎《もうりょう》の丘』とかを書かれた、ホラー作家の月城さんですか？」

「ええ。そうです」

鏡の横顔に「詳しいですね」と声をかけた。

「小説をよく読むからな」

鏡にそんな趣味があるとは知らなかった。

「月城さんは、日本ホラーミステリー大賞も受賞したんだぞ」

そこそこ名の売れた作家のようだから、当面、食っていくのは問題ないか。「そうなんですか」と答えてクライアントに目を向けた。「すみません。不勉強で」

「いいえ」

智輝が作家なら、出版社の人間からも話を訊かねばなるまい。

「作家さんなら担当編集者がつきますよね。その方の連絡先も教えていただけませんか？」

クライアントが頷き、ショルダーバッグからスマホを出した。

教えられたのは、いずれも大手と言われる文壇社、文芸夏冬、菱川書店の各担当編集者の携帯番号だった。

「この方達に息子さんのことは話されました？」と重ねて訊く。

「勿論です、行く先に心当たりがないかと。でも、どなたも知らないと仰って」

担当作家が失踪したのだから編集者達も右往左往しただろう。

「智輝さんが付き合っている女性は？」

「いないと思います。それ関連の話はしたことがありませんし」

改めて智輝の写真を見た。この外見なのだから女にモテないということはないと思うが、最近の男子の中には恋愛を遠ざける者が結構いるというから智輝もその口かもしれない。

「槙野、明日から調査を始めてくれ」

「はい」

クライアントが「よろしくお願いします」と言う。

「全力を尽くしてお探しします」


クライアントが帰り、鏡が頭を掻いた。

「島崎さんは何を隠してるのかなぁ」

「息子も変ですよね。クライアントの出で立ちから島崎家が裕福であることは窺《うかが》えましたし、名門中の名門私大にも通っていました。そんな恵まれた環境にいるのに家出だなんて」

「それにしても、調査対象者があの月城恭介だとはなぁ。驚いた」鏡が智輝の写真をしげしげと見つめる。「月城恭介ってこんな顔してたのか」

「ホラー作家って言ってましたよね」

「ああ、弱冠十七歳で公募の日本ホラーミステリー大賞を受賞して話題になった。全部で七作が刊行されてるはずだ」

「十七歳でデビューですか。凄い才能なんでしょうけど、作品は面白いんですか？」

「読者を選ぶというのかな——。どの作品もスプラッター色が濃くて、かなり残酷でエグい描写も多いから映像化は無理だろうと言われてる。個人的に、物語の筋立ては中々のものだと思うが」

「一応、読んでおいた方がいいですかね？　作品の中に、本人が行った場所のことが書かれているかもしれませんし」

「そうだな。じゃあ明日、本を持ってきてやる」

「話を戻しますが、クライアントは、息子の失踪が滝田さんと関係していそうだと言っていました。それなら、弟にも会って話を訊かないといけませんよね。彼の住所は？」

「港区三田だった。詳しい番地は調査記録に書いてあるが、会ってくれるかなぁ。あの時は追い返されたし」

「やるだけやってみます。でも、相手にされなかった時は北尾酒造の杜氏から改めて話を訊かないといけませんね」

鏡が話を訊いたのは九年前、まだ生きているとは思うが――。

「ああ、そうだった」と言って鏡が手を叩く。「あの時、ライターという触れ込みで話を訊いたんだった。探偵といったら相手にされないかもしれないと思ってな」

「じゃあ、今回はどうしましょう？」

「先生を連れて行け。弁護士なら相手にしてくれるだろう」

「その手がありましたね。そういえば、一昨日も顔を見せましたよ。仕事ありませんか？　って」

高坂は同じ中野区内に事務所兼自宅を構えているが、弁護依頼が殆どなく、頻繁に『何か仕事はありませんか？』と言って事務所に顔を出す。そんなわけだから鏡は、高坂の顔を見ると『先生。いっそのこと、うちの職員にならないか』と言ってからかう。

だが、高坂は弁護士だけあってすこぶる有能な男で、彼のお陰で解決した調査も少なくない。それに、警察で情報を得なければならない時は本当に重宝する。弁護士バッジがものを言い、すんなりと調書の閲覧ができるのである。つくづく、便利な男と知り合ったものだと思う。

高坂が事務所に顔を出す理由はもう一つある。本人は何も言わないが、早瀬が目当てであることは公然の秘密だ。三十代半ばでまだ独身だから、美しい早瀬に心惹かれるのは無理からぬことか。


帰宅すると、ニコルの手荒い出迎えを受けた。跳びついて顔を舐め回す。生後三ヵ月でニコルを迎えた時、飼うのは庭でと麻子に釘を刺した。しかし麻子の計略か、いつの間にかニコルはリビングにいるようになり、遂にはベッドにまで潜り込んでくるようになった。そして今では、我が物顔で家の中を闊歩《かっぽ》する。

麻子がキッチンから出てきた。

「お帰り」

「ただいま。新規の依頼が舞い込んだぞ」

「あら、そう」

リビングに行き、ショルダーバッグをソファーに置いた。

「腹減った」

「今日はエビフライよ」

「嬉しいね」

大好物だから二十本は食える。

キッチンに移動して食卓に着くと、麻子が冷蔵庫から缶ビールを出しながら「あんた宛にはがきがきてるわよ」と言った。

「誰からだ？」

「警察学校の同期会って書いてあったけど――」

同期会――。

最後に同期会に出席したのは、まだ警視庁組織犯罪対策部にいた頃だった。あれから何年になるだろう？　風の噂で、出世頭は捜査二課の係長に抜擢されたと聞くが――。それに引き換えこっちときたら、懲戒免職を食らって警察を追われてしまった。あの一件さえなければ、曲がりなりにも刑事を続けていたに違いないし、ひょっとしたら班を預かる立場になっていたかもしれない。

あの時、誘惑に負けなければ――。

ギャンブル好きが祟って借金を作り、サラ金に手を出したのが間違いだった。しかも、転げ出したら止まらないというのがサラ金地獄で、毎月の返済にも困る始末。そしてとうとう借金が焦げ付くようになり、『金返せ』の電話が鳴りっぱなしの状況に追い込まれた。そんな時、あの男が声をかけてきたのだった。新宿に組を構える暴力団の組長で、どこでどう調べたのか『旦那、金にお困りのようですね。よかったら少し資金《たま》を回しましょうか』と――。だが、無条件で金を回すヤクザがいるわけもなく、条件を突き付けてきた。闇カジノのガサ入れ情報だ。そして切羽詰まっていたこともあり、一度だけならと、その男にガサ入れ情報を流した。

結局、そのことが警察上層部の知るところとなり、退職金も受け取れぬまま懲戒免職の憂き目に遭ったのだった。しかし、捨てる神あれば拾う神ありで、かつての上司だった鏡が、路頭に迷いかけていたこの身を拾ってくれたのだ。『行くところがないなら、うちにきて探偵やれ』と。拾ってくれたのは鏡だけではない。麻子もそうだ。警察をクビになったことで前妻に愛想をつかされ、一人寂しく暮らしていた時に目の前に現われてくれた。

「同期会、行くの？」

麻子の声で現実に立ち返り、「パスする」と答えた。懐かしさはあるものの、『どの面を下げてきた？』と言われるのがオチだろう。

「そう――。ねぇ、新規の依頼が入ったって言ってたけど、どんな調査？」

「月城恭介って知ってるか？」

「うん、作家さんでしょ。ホラー作家だったかしら？」

「お前も知ってんのか。結構有名なんだな」

「月城さんがどうしたの？」

「現在、行方不明だ」

「え？　じゃあ、彼を探すの？」

「そう」

守秘義務のことは分かっているが、麻子は誰かに他言するような女ではない。だから、調査に関することは全て話している。というのも、以前、調査に関して一切教えなかったために命を落としかけたことがあったからである。あの時、麻子に全てを話していたら監禁された場所がもっと早くに判明し、重傷を負うこともなかっただろう。

「へぇ〜、ホラー作家の失踪調査かぁ。何だか曰《いわ》くありげね」

「奇妙なことが起きなきゃいいけどな」

＊＊＊

六月十二日　午後四時——

港区三田の一角で車を降りた槙野は、携帯を操作してグーグルマップをディスプレイに呼び出した。メモに認《したた》めた番地と照らし合わせる。以前はこんな便利なモノがなかったから電柱に打ち付けられている番地プレートを確認しながら行動したものだが、これのお陰で大幅に時間短縮できるようになった。この道を左に行って突き当たりを右、そのまま真っすぐ進むと左側にお目当ての家があるようだ。地図の上でもかなり大きな家だと分かる。

ほどなくして立派な門を擁する屋敷に辿り着いたが、首を捻る結果となった。表札が『滝田』ではないのだ。改めてメモと番地を見比べる。

やはりここだ。引っ越したのか？

ちょうど年配の女性が通りかかり、「すみません」と声をかけてみた。

「何か？」

「ご近所にお住まいですか？」

「ええ、そうですけど」

「ちょっとお尋ねしますが、こちらのお宅、以前は別の方がお住まいじゃありませんでしたか？」

「そうですよ。七、八年ほど前に売りに出されてねぇ」

「滝田さんというお名前では？」

「ああ、そうそう。滝田さんでした」

やっぱり引っ越したのだ。

「どちらに引っ越されたかご存知ありませんか？」

女性が首を捻る。

「さあ？」

仕方がない、こっちで転居先を調べよう。女性に礼を言って鏡を呼び出した。

《会えたか？》

「いいえ。引っ越していました」

《そうか――》

「例の人物に頼んで、転居先を調べてもらえませんか」

例の人物とは鏡の秘密兵器で、戸籍や住民票などの情報を提供してくれるのである。しかし鏡は、その人物の正体を絶対に教えてくれない。おそらくは公務員だと思うが――。

《ちょっと待ってろ》

「お願いします」

車に戻って煙草を咥えた。さっきの家はかなり大きかったし、場所も高級住宅地の三田だから、少なく見積もっても二億や三億はする物件である。そんな家をどうして手放したのか？　それよりも引っ越し先だ。近くならいいのだが――。

転寝《うたたね》をするうちに携帯が鳴った。鏡からだ。

「分かりましたか？」

《ああ、引っ越し先は町田市だ。部屋番号があるからマンションのようだな》

近くはないがギリギリ都内。他府県に行くことを思えば御の字である。それから番地を書き留めて町田市に進路を取った。

道路が混んでいたせいで、二時間近くかかって教えられた住所に辿り着いた。鏡の予想どおりマンションで、外壁の塗装が色褪せて築四十年は経っていそうである。三田の豪邸からこんなくたびれたマンションに移ったということは、負債でも抱えて三田の家を抵当に取られたのではないだろうか。滝田康夫の部屋は三〇三号室だから三階か。

中に入るとエレベーターはなかった。内階段で三階まで上り、三〇三号室の前で歩を止めた。表札はなし。

インターホンを押してみたものの返事はなかった。まだ午後七時前だから帰っていないのか。

すると化粧の濃い、見るからに『水商売してます』といった佇まいの中年女が右隣の部屋から出てきた。値踏みするようにこっちを見る。

その視線に構わず、もう一度インターホンを押す。

「そこ、誰も住んでいないわよ」

女が自分の部屋の鍵をかけながら言う。

「え？」また引っ越したということか？　鏡も、滝田がまた引っ越していたとは思わず、例の人物に、滝田が三田からどこに移ったかだけを調べさせたのかもしれない。「この部屋に滝田さんという方が住んでいましたよね」

尋ねるなり、女の表情が歪んだ。

「死んじゃった。あれから二年ほどになるかしら」

死んだ！

知らず、女に一歩近づいていた。

「事故？　それともご病気で？」

「殺人よ。塩素ガスで殺されたの」

殺し？　塩素ガス？　町田市で？　二年ほど前？

思い出した！

二年前の五月の連休の最中、被害者が他殺体となってトイレで発見されたあの事件だ。洋式便器には塩素ガスを発生させる仕掛けがしてあり、前代未聞の殺害方法ということで当時はかなり話題になった。殺人事件は日常的に起こっているから被害者の名前など一々覚えていられないが、まさかあの被害者が滝田康夫だったとは——。確か、捜査本部は解散となって、名目上は新たな証言が出るのを待つ継続捜査の形態に移行したはず。

女が口を尖らせる。

「犯人は捕まってないでしょう。怖くって——」

「滝田さんのご家族は？」

「何年も見てないわ」

「出て行かれた？」

「愛想つかしたんじゃないの？　しょっちゅう怒鳴り声がしてたし、奥さんが顔を腫らしていたこともあった。娘も暗くてさぁ。いっつも下向いて歩いてたから、父親の暴力に怯えてたんじゃないかしら？」

ＤＶが原因か？　そして離婚、あるいは別居？　どんな理由にせよ、一応会っておくべきだ。島崎智輝の名前ぐらいは知っているかもしれない。

女に礼を言って車に戻り、鏡を呼び出した。

《会えたか？》

「殺されてましたよ」

《何だと！》

さっきの女の証言を伝えた。

《あの事件、まだ容疑者は浮上していないよな》

「はい」

《島崎さんが現われるまで滝田の名前すら忘れていたから、ニュースであの事件の被害者の名前を聞いてもピンとこなかったが――》

「俺もです。殺人事件の被害者の名前なんかいちいち覚えていられませんからね。それにしても奇妙な話じゃないですか。兄の幸秀は首を吊り、長い年月を経た二年前の五月に康夫が殺された。しかも、塩素ガスを発生させて殺すという手の込んだやり方で。二人の死は偶然でしょうか？」

《何か臭うな、クライアントも明らかに隠し事をしてそうだし。家族の証言は？》

「何年も前に出て行ったそうです。女房の転居先、突き止めてもらえませんか。一応、話だけは訊いてみようと思います」

《分かった。明日の朝一で依頼する》

車に戻るとクライアントの顔が像を結んだ。彼女は間違いなく何かを隠している。きっと、そのことと滝田兄弟の死は関連がある。そして島崎智輝は、どうして恵まれた環境にいながら家を出た？

滝田康夫の事件も調べておくか――。

ネットに接続して『町田市　塩素ガス殺人』で検索すると、ディスプレイにスレッドがずらりと並んだ。一番上のスレッドを開く。二年前の記事だ。

『町田市で起きた塩素ガス殺人事件――。

被害者は町田市のマンションに住む滝田康夫氏、五十一歳。

今年の連休の最中の五月七日、出勤してこない滝田さんを心配した同僚が滝田さんの部屋を訪ね、異臭とトイレのドアが開かないことから不審を抱いて警察に通報。そして警察が駆けつけてトイレを開けたところ、塩素ガスの中で倒れている滝田さんを発見した。
洋式便器には塩素ガスを発生させる仕掛けがしてあり、内側のドアノブも外れて床に落ちていたという。それらのことから、警察は殺人を視野に入れて捜査を始め、滝田さんと親しい人物の犯行ではないかと結論し、別居中の妻と娘が滝田さんからDVを受けていたという証言を受けて二人を重要参考人として任意聴取。しかし、両者とも滝田さんの死亡推定時刻のアリバイがあったことから別人の犯行と結論され、六月一日現在、捜査は続いている』
犯人は未だ捕まっていないが、まさか自分が、あの塩素ガス殺人の被害者の部屋を訪ねることになろうとは——。

＊＊＊

六月十三日　午前——

槙野が車を降りると海風が頬を撫でた。目前には『望洋荘《ぼうようそう》』の看板を掲げた小ぢんまりとした民宿があり、右手には凪の太平洋が広がっていた。海面に白い糸を刻むジェットスキーもチラホラ見える。民宿の玄関まで行って番地を確認した。

ここだ——。

滝田康夫の妻の現住所を調べてもらったところ、娘共々、静岡県下田に住民票を移していることが分かった。妻の両親もここに住民票があることから、おそらく実家だろう。

『望洋荘』と書かれたガラス引き戸を開け、奥に向かって「ごめん下さい」と声をかけた。

現われたのは、茶髪をポニーテールにした色黒の若い女性だった。

「ご宿泊ですか？」

「いいえ、そうじゃないんです」

滝田の妻の名前を出し、在宅かどうか尋ねた。

「母ならいますけど、どちら様でしょう？」

母と言ったということは、この女性が滝田の娘か。

名刺を差し出し、「私、こういう者でして」の声を添えた。

娘が名刺をしげしげと見る。

「探偵さん？」

「はい。お母様にお伺いしたいことがあってお邪魔したんですけど」

「例の事件のことですか？　だったら帰ってください！」

娘が眉を吊り上げて睨む。

ここは惚けるのが得策だ。こっちの要件は島崎智輝の消息。

「事件？　何のことでしょう？」

娘の表情が和らぐ。

「違うんですか――。すみませんでした、母を呼んできますね」

娘が奥に消えた。

すぐにショートヘアーの小柄な女性が現われたが、顔には訝《いぶか》し気《げ》な表情が浮かんでいた。そして「何ですか？」と、これまた無愛想に声を発した。

人間には二種類ある。探偵を胡散臭い人種と思う人間とそうでない人間だ。滝田の妻は前者のようだ。まあ、こんな扱いを受けるのには慣れているが——。

「突然お邪魔してすみません。この男性を探しているんですが、見覚えはありませんか？」

島崎智輝の写真を渡した。

滝田の妻が写真を見つめ、そこに娘もやってきた。

滝田の妻が「知りません」と言って娘にも写真を見せる。「知ってる？」

娘が首を横に振る。

「では、島崎智輝という名前に心当たりは？　その写真の男性なんですけど」

二人が顔を見合わせ、同時に首を横に振った。

「どうして探偵さんがうちに？」と滝田の妻が訊く。

「滝田幸秀さんをご存知ですか？　ご主人のお兄さんで亡くなられているんですけど」

「ええ。会ったことはありませんけど」

「その幸秀さんと島崎智輝さんには何らかの接点があったようなんです。それで、幸秀さんのお身内を調べたところ、弟さんがいることを突き止めました。康夫さんです。そして康夫さんのことを調べると亡くなられていることが分かって——」

「だから滝田の家族を調べてうちにきた？」

「有り体に言えば――」

「どうやってそこまで調べたんですか？」

「蛇の道は何とかかと言いますよね。その辺の事情はお察しください」

「ふ～ん」

「どうでしょう？　滝田さんから何か聞かされていませんか？」

滝田の妻が唇の端を歪めた。

「無駄足でしたね。何も聞かされていません」

事実だろうか？

「もういいでしょう。忙しいので」

目で『出て行け』と催促している。

仕方がない、高崎の酒蔵を訪ねるか。それなら高坂の出番だ。

辞去して車に戻り、早速、高坂に電話した。

例の如く、ワンコールで高坂が出る。

「おう、先生。忙しいか？」

《恥ずかしながら……》

いつにも増して声に覇気がない。金欠で飯も食えないでいるのだろうか？

「ちょっと手伝ってくれ。日当はいつもどおりだ」

《仕事ですか――助かったぁ》
いつもなら、仕事と言った途端に元気を取り戻すのだが――。本当に食うや食わずの生活を強いられていたのかもしれない。
《それで、仕事の内容は？》
「ある人物から話を訊く。以前、所長がその人物と会ったんだが、ライターと名乗って情報を得たらしい。だから今回も、探偵として接触しないことにした。詳しいことは会って話すから、今夜八時、事務所にきてくれねぇか」
《伺います》

2

六月十四日　午前――

東條有紀《とうじようゆき》がトーストにバターを塗っていると、携帯が着信を知らせた。

席を立ち、寝室に行って充電中の携帯を摑む。班長の長谷川《はせがわ》からだ。

「東條です」

《今どこだ？》

「代々木です」

待機態勢に入ってからの四日間、官舎に帰らず恋人の生田友美《いくたともみ》の部屋にいる。

《奥多摩町で殺しだ。マルガイは山中で逆さ吊りにされているらしい》

真っ先に頭に浮かんだのは現場の状況だった。ここ数日気温が高いから、立ち込める悪臭の中での検証になるような気がする。

《JR奥多摩駅前で集合する。すぐに向かえ》

「急行します」

リビングに戻ると、「事件?」と友美が言った。

「うん。行かなきゃ」

食事をしている時間はない。

手早く支度を済ませてリビングに戻ると、テーブルの上には携帯用の栄養スティックとトマトジュースが用意してあった。「飲んで行って」の声に頷き、トマトジュースを胃袋に流し込んで栄養スティックをジャケットのポケットに入れる。

「気をつけてね」

「しばらく会えないと思うけど」

「分かってるわ」

「電話する」

友美の部屋を飛び出した。

犯人はマルガイを殺してから逆さ吊りにしたのか? それとも、逆さ吊りにしてから殺したのか?

いずれにしても、どうして山中を選んだ?

ＪＲ奥多摩駅に到着すると、二班最年少の元木真司《もときしんじ》がいた。かつて、全日本剣道選手権を制覇した剣道馬鹿だ。ワゴン型の警察車両もいるから長谷川の依頼があったのだろう。次に現われたのは長谷川だった。そして二班最年長の楢本拓司《ならもとたくじ》がやってきて、最後に警察学校の同期で、どういうわけか捜査一課でも同じ班になってしまった内山晴敏《うちやまはるとし》が顔を見せた。

ＪＲ奥多摩駅を出発した警察車両は現場へと向かい、やがて山道に入って勾配のきつい道を上って行った。ここが本当に東京都なのかと思うほど周りは新緑に溢れているが、この先に無残な遺体が待ち受けていると思うと気が重い。

走り続けるうちに制服警官の姿が見えた。ようやく現場に到着か。腕時計を見ると午前十一時を過ぎていた。

更に進むと狭い道沿いに警察車両十数台が縦列駐車しており、黄色い規制線の向こうには多くの警察関係者がいた。

車が止まって助手席を降りた。続いて二班のメンバー達が車を降りる。

すると、スーツ姿の男性がやってきて敬礼した。初動捜査をした機動捜査隊《きそう》の一員だ。

「ご苦労様です」

長谷川が敬礼を返し、「仏さんは?」と尋ねる。

「斜面を五〇メートルほど登った所です――。発見されたのは今朝の午前六時半過ぎ。第一発見者は林業関係者で、四日前の朝も現場を通ったそうですが、その時は何もなかったと話しています。仏さんの状態なんですけど――」

そこまで言ったところで、機捜が顔を歪めた。

「覚悟はしているよ」長谷川もしかめっ面で角刈りの頭を掻く。「検視官の見解は？」

「解剖に回す――だそうです」

長谷川が頷き、メンバー達を見回す。

「さぁ、行くぞ」

「あ～あ、山登りまでさせられるとはなぁ」

内山がぼやく。

この男とはどうしても反りが合わない。警察学校の成績で負けたことを根に持っているのか、ことごとく有紀に反目し、立ち居振る舞いにまで難癖をつけてくるのである。大嫌いな人間のリストにも載せてある。

「たかが五〇メートルぐらい、文句言わずに登れば？」

「山登りは苦手なんだよ」

「冷蔵庫にスイカを載せたような身体してるもんね。ブクブクと太ってみっともない、少しは痩せればいいのに」

「これでも五キロ痩せたんだ！」

「あ～悲しい。五キロ痩せても見た目が同じだなんて」左隣にいる元木に目を向けた。「少しは元木を見習えば？　ひょっとしたら、生まれてこのかたできなかったカノジョができるかもよ」

「ふざけんな！　俺だって、恋人の一人や二人はいたんだよ」

「またまた～。見栄張っちゃって」

内山が歯軋《はぎし》りする。

「お前、喧嘩売ってんのか？」

「やめんか二人とも」

楢本が割って入った。

機捜が先導し、彼の背中を見つつ腐葉土の斜面をひたすら登る。時間が時間だから気温も上がり始めており、額に汗が滲《にじ》んでくる。

やがて異臭が漂ってきた。間違いなく腐敗臭だ。死体の皮膚に浮かぶ黄色い体液が目に浮かぶ。覚悟はしていたものの、腐乱死体の検分だけは慣れるということがない。

内山が舌を打った。

「クソッ、臭ってきやがったぜ。昼飯前だってのに――」

「堪りませんね」と元木も言う。

「まあ東條のことだから、また平気な顔して腐った死体を調べるんだろうけどな。誰がつけた綽名《あだな》か知らねぇが、鉄仮面とはよく言ったもんだ」

内山が嫌味たっぷりに言った。

捜査一課の連中は、有紀のことを『捜一八係の鉄仮面』と呼ぶ。笑わないことと、どんなに酷い遺体を見ても平然としているからだという。確かにそうかもしれないが、有紀にとって、殺害された姉の恵《めぐみ》の遺体ほど残酷なものはなかった。だからどんな遺体を見ても平然としていられる。

一歩登る度に臭いは強烈になり、二班のメンバーは辟易《へきえき》しながら蠅が群がる死体に辿り着いた。鑑識の連中は写真を撮ったり石膏で足跡を取ったりしているが、この臭いに堪りかねたのか、誰もがマスクを着用している。

有紀もハンカチを鼻に当て、逆さ吊りになっている裸の腐乱死体を見た。男性器が確認でき、地面から頭までは一メートルほど。体形は痩せ型で無数の蛆《うじ》が這い回っている。

「こりゃあ酷ぇな」

内山が肩で息をしながら言う。

酷いを通り越している。足首を縛られて檜《ひのき》の太い枝から吊るされているのだが、全身は紫色に変色し、無数の傷口からは黄色い体液が浮き出ている。腹は膀胱《ぼうこう》付近から鳩尾《みぞおち》辺りまで縦一文字に裁ち割られ、そこから垂れ下がった腸が地面にまで達していた。無論、顔面も原形を留めてはいない。眼球は失せて眼窩には無数の蛆が湧き、左腕は肘から先、右腕は手首から先がない。眼球はカラスがついばみ、腕は野生動物が噛み千切ったのではないだろうか。すぐそばには、無数の釘が打ち込まれた棍棒が転がっていた。凶器であることは一目瞭然だ。

リンチ殺人か？

「ここまでえぐい仏さんは久しぶりだ。幽霊画事件以来か」と楢本が言う。

同感だ。あの事件の被害者達に匹敵する。

全員が遺体に向かって手を合わせた。

「致命傷は腹の傷だろうが、殺す前にそこの棍棒で滅多打ちしたようだな」長谷川がしゃがんで棍棒を凝視した。「こんな物で殴られたら堪ったもんじゃないぞ」

凶器がここにあるということは、この被害者はここで殺されたことを意味する。

「被害者に同情しますよ」と元木が言う。

「ヤクザの抗争じゃねえのか？　リンチ殺人は連中の常套手段《じょうとうしゅだん》だし」

内山の意見に有紀が反論する。

「ヤクザなら死体をそのままにしない。埋めるはず」

「まあ、怨恨の線はあるな。恨みがなきゃここまではしないだろうから」楢本が言い、遺体の口を開けて口腔内を覗く。「歯も殆ど折れてるから歯形照合は無理だな」

それに、こんな山の中では目撃者だっているとは思えないし、おまけに両手の指がないから指紋確認も不可能。ＤＮＡ照合に頼るしかないが、警察や骨髄バンクのＤＮＡデータに一致するものがあるだろうか？

長谷川が鑑識の一人を呼んだ。

「遺留品は？」

「容疑者達のものと思しき足跡と、凶器と思しきその棍棒が残っているだけです」

「容疑者達？」

「はい、足跡は三種類あるんですよ。一つは裸足の足跡ですから、多分、この仏さんのものだと思うんですけど」

長谷川が有紀を見る。

「仏さんを新宿のK医大に運べ」


遺体は午後三時前にK医大法医学教室第一解剖室に運ばれ、ほどなくして執刀医の教授と助手が入ってきた。すぐにオペ着に着替えて解剖台の前に立つ。

「教授。よろしくお願いします」

有紀は腰を折った。

「ああ。それにしても腐敗臭が凄いな」

「蛆が湧いていますからね」

助手が首筋を掻く。やれやれと言いたげだ。

白いシーツが捲られ、教授と助手が遺体に手を合わせる。運搬する都合があって腸は腹の中に戻した。というより、そのまま詰め込んだと言った方が正しいか。

そのことも伝えると、教授が「犯人め、無茶苦茶するな」と押し殺した声で言った。明らかに怒りを抑えている。

「で、どういう状態で発見された?」

「現場は奥多摩の山中、檜の枝からロープで逆さ吊りにされていました。見つかった凶器ですけど、棍棒に無数の釘が打ち付けられていて――」

ショルダーバッグからデジカメを出し、凶器の写真を見せた。

「これで痛めつけ、最後に腹を断ち割ったか――」教授が腸を引き出し、横の台にある大きなバットに移す。それから腹の傷に触れた。「使われたのは鋭利な刃物。生活反応があるから生きたまま裂かれたな」

被害者が放った断末魔の声が聞こえてくるようである。

「陥没痕、全部数えたら夜が明けますよ」と助手が言う。

それでも数えてもらわなければならない。

「教授。死亡推定日は？」

「死後、四日から五日といったところかな」教授が遺体の口を開けた。「歯も殆ど折れてるな」

「ええ。両手の指紋も採れませんし、身元確認はＤＮＡ照合に期待するしかありません」

「ＤＮＡ照合もダメだったらスーパーインポーズ法を使うか」

「その方法って、身元不明遺体の頭蓋骨の写真と、該当すると思われる人物の生前の顔写真を重ね合わせ、一枚の像を作成する方法ですよね」

コンピュータグラフィックスの発達で最近可能になった技術だ。

「うん。本人かどうかを一〇〇パーセント特定できるわけじゃないが、一つのツールにはなる。もしスーパーインポーズで同一人物である可能性が高いとなれば、生前写真の人物の身内からＤＮＡサンプルを提供してもらい、その身元不明遺体とのＤＮＡ照合を行う。上手く行けば身元は確認されるさ」

しかし教授が言ったように、その方法も万能ではない。肝心要の生前の写真が手に入ればという条件付きだ。

「遺体の年齢は？」

「この状態だから解剖が終わってみないと確かなことは言えないな。身長を測るぞ」

結果、遺体の身長は一七五センチ、足のサイズは二六センチだった。

その後、細胞組織と血液が病理部に運ばれて体内に毒薬物は残存していないことが分かったが、教授は推定年齢を出しあぐねているようで、後で報告すると言った。

解剖が終わって腕時計を見ると午後四時五分過ぎだった。同時に携帯が鳴る。長谷川からだ。

「東條です。たった今、解剖が終わりました」

《結果は？》

教授の見解をざっと伝える。

《そうか。ＤＮＡ鑑定用のサンプルは？》

「受け取りました」

《分かった。それと、捜査本部の設置が決まったぞ。本庁庁舎の七階会議室だ》

遺体が発見されたのは西多摩警察署の管轄内だが、本庁庁舎内に捜査本部を置いた方が効率的と上層部は考えたようだ。

《午後六時半から捜査会議がある。遅れるなよ》

「はい」

本庁庁舎の七階会議室に足を運ぶと、二班のメンバー全員が集まっていた。見知らぬ男達も数人いる。西多摩警察署から派遣された捜査員だろう。

ほどなくして、ピンストライプのスーツを着た痩身男性と、ガタイの良い胡麻塩頭の男性が会議室に入ってきた。管理官と係長だ。少し遅れて制服の職員二人も入ってくる。

「では、第一回捜査会議を始める」

管理官が宣言し、長谷川が「起立」の号令をかける。

通例の挨拶が終わると、「長谷川、報告しろ」と係長が言った。

長谷川が立ち上がって手帳を見る。

「現場は東京都西多摩郡奥多摩町○○、林道口から二キロほど入った山中で、第一発見者は林業関係者でした。発見時刻は本日午前六時半過ぎ、第一発見者は四日前の六月十日にも現場を通ったそうですが、その時は何もなかったと証言しています。また、解剖でも死亡推定日は四、五日前と推測されており、被害者《マルガイ》が殺害されたのは六月十日の朝から夜にかけてで間違いないかと——。次に現場ですが、足跡は三種類あって、一つは被害者のものでした。山中を人一人担いで登るのは容易ではありませんから、被害者を現場まで歩かせたものと思われます」

「他の足跡は?」

「靴底の形状からどちらもスニーカーではないかと鑑識は分析していて、靴の推定サイズは二八センチと二六センチ。加えて、遺体の傷には全て生活反応がありました。発見現場で殺害されたと断定してよろしいかと」

係長が脇にいる制服警官に目を向けた。

「現場の写真を」

制服警官がＰＣを操作し、すぐに雛壇横の大型ディスプレイに写真が映し出された。瞬く間に係長の顔が歪む。

「酷いもんだな」

現場はこの光景に悪臭もプラスされていた。酷いより遥かに上だった。

「両手は傷口の状態から、野生動物に食い千切られたものと」

管理官が長机に両肘をつき、手を顔の前で組む。

「被害者の身元は？」

「遺留品が全く見つかっておらず、遺体の損傷もご覧のとおりですから、まだ分かっていません。歯も殆ど折れていて歯形照合は不可能。現在、ＤＮＡ照合を行っているところですが、結果が出るのは二日後だそうです」

「遺体の推定年齢は？」

「まだ出ていません」

管理官が空咳を飛ばす。

「現場は山中だが、山道に続く一般道沿いには防犯カメラがあるはずだ。それのチェックと、沿道での訊き込みを徹底してやれ」

その後、捜査の割り振りが決められ、有紀は西多摩署の若い男性捜査員と組むことになった。名前は里田《さとだ》、どことなく頼りなさそうな印象で声も小さい。この男で大丈夫かと思いたくなる。

捜査本部を出た矢先に携帯が鳴った。K医大の法医学教室からで、被害者の推定年齢が分かったという。

3

槙野が帰宅したのは午後八時過ぎ、ニコルの手荒い出迎えを受けた直後に携帯が鳴った。クライアントからだ。何か思い出したことでもあるのだろうか？　麻子にニコルを任せて携帯を耳に当てた。

「槙野です」

《島崎です。ニュース、ご覧になられましたか？》

不安そうな声だった。それに、ニュースとは？

「たった今帰宅したばかりなもので、まだ見ていないんですが」

伊豆から帰る時も、CDを流していてラジオは点けなかった。

《奥多摩町で男性の腐乱死体が見つかったそうなんです。奥多摩は滝田さんが暮らしていた土地ですし、気になって――》

まさか、智輝が殺された？

まずはニュースからだ。ネットで検索することにした。

「折り返しお電話します。少し待っていて下さい」

通話を終えてネットに繋ぎ、『奥多摩　腐乱死体』と打ち込んで検索した。

出た！　遺体は今日の午前中に見つかっており、山中で逆さ吊りにされていたという。殺しだ――。

その後も記事を読み続けたものの、推定年齢などは書かれていない。この記事が解剖前に書かれたからか？　あるいは、遺体が腐乱していたからまだ確かなことが判明していないからなのか？

捜査一課の東條なら何か知っているかもしれない。尋ねることにした。

呼び出し音が《こんばんは》の声に変わる。

「おう。元気か？」

《何とか》

「つかぬことを尋ねるが、奥多摩で腐乱死体が発見されたんだって？」

《ええ。うちの班が担当しています》

「え⁉　そうなのか」奇遇だが、それなら話は早い。「被害者の推定年齢が発表されていないけど、どうしてだ？」

《判明したのがついさっきですからね》

「それでか――。で、幾つぐらいの男性だ？」

《ひょっとして、あなたの調査に関係している人物かもしれないと？》

相変わらず鋭い。

「そうなんだ。クライアントが心配していてな」

《頭骨の接続具合、残った歯の摩耗状況、椎間板の状態等々を鑑みた結果、五十代から六十代と推定

されました》

　ホッとした、智輝ではない。とはいえ、人一人が殺されたのだから喜ぶのは不謹慎か。

「それなら調査対象者とは別人だな」

《調査対象者、若いんですか？》

「そうなんだ。助かったよ、ありがとな」

　通話を終え、すぐさまクライアントに電話した。

　待ち侘びていたようで、ワンコールでクライアントが出る。

「警視庁にいる知人に尋ねてみたんですが、遺体の年齢は五十代から六十代だそうです」

《――そうですか――》

　気が気ではなかっただろう。安堵の溜息が聞こえてくるようだ。

　せっかくこうして話していることもあり、昨日と今日の調査報告をしてから通話を終えた。

＊＊＊

六月十五日――

　カーブに差し掛かると、カーナビが「間もなく目的地です」と告げた。時刻は午前十一時を回っており、自宅を出てから二時間余りかかったことになる。

　カーブを抜けると、「槙野さん、あそこじゃないですか？　煙突が見えますよ」と高坂が言った。

「そうみたいだな」

造り酒屋に煙突は付きものだから、あそこが目的の北尾酒造か。

ほどなくして、広い間口の商店を左側に捉えた。ガラス戸には『北尾酒造』の白い文字がある。

「ここだ――」

杜氏の立石の自宅に直接出向くつもりだったのだが、電話をしてアポを取ろうとしたところ、酒蔵の方にきて欲しいと言われたのである。無論、弁護士の肩書がモノをいい、立石は訝しがることなく訪問を快諾したという。

触れ込みはこうだった。『ある事件を調べているのだが、その事件と三十年前に売却された曙酒造に関連があることが分かった。それで曙酒造で働いていた職人から話を訊くために探したところ、ある筋からあなたが曙酒造で働いていたことを知った』と。

「先生。打ち合わせどおりに頼む」

曙酒造や滝田兄弟のことを訊きつつ、それとなく島崎智輝のことを持ち出す作戦である。当然、主役は高坂でこっちは助手役。

「任せてください」

鏡によれば、この酒蔵の『北錦』という生酒が滅法美味いらしく、二本買ってきてくれと頼まれてもいる。

少し行って車を路肩に止め、北尾酒造に足を向けた。

ガラスの引き戸を開けて土間に足を踏み入れると、センサー式のチャイムが高らかに鳴った。

すぐに奥から、纏め髪の女性が出てくる。

酒蔵の女将は色香漂ういい女だったと鏡は言っていたが、どうやらこの女性のようだ。歳は少々食っていそうだが、立ち姿といい歩く姿といい中々のものだ。

「いらっしゃいませ」

振りまかれた愛想に「客じゃないんです」と返した高坂が、「こちらの杜氏さんにお話が——。アポは取ってあります」と続けた。

「ああ、伺っております。弁護士さんですね。お待ちください」

女将が奥に消え、ほどなくして、藍染めの半纏《はんてん》を羽織った白髪の老人を連れて戻ってきた。

老人が「立石です」と言い、自分の太腿に手を当てて腰を折り曲げた。

「はじめまして、高坂です」

「助手の槙野と申します」

二人して深々と頭を下げ返し、高坂は本物の、こっちは偽の名刺を差し出した。

立石が女将を見る。

「女将さん。そこの小上がり、ちょっと使わせてもらえませんか」

「いいわよ」

「どうぞ」と立石が言い、土間の左手にある上り框《かまち》に足をかけた。

二人は女将に「お邪魔します」と断り、立石に続いて小上がりに入った。

そこは四畳半の広さで、中央に昔ながらの卓袱台《ちゃぶだい》が置かれている。

「まあ、座って下さい」

出された座布団に正座すると、「足、崩して下さい」と立石が言ってくれた。正座は苦手だから有難い。胡坐《あぐら》をかくと、立石が高坂の正面に座った。高坂は正座でも問題ないようで足を崩さない。

「電話をいただいた時は驚きましたよ。まさか弁護士さんが、曙酒造のことで問い合わせしてくるとは思いもしませんでしたからねぇ」

「早速ですけど、曙酒造について教えてください。売却されたのが三十年前ということですが、それまでは、自殺した滝田幸秀さんが蔵を経営されていたとか」

高坂には鏡の報告書を読ませている。こっちは聞き役に徹するのみ。

「そうです。幸秀さんの死後は弟さんが家督を継ぎました。でも、蔵を売ってしまわれて」

「その弟さんなんですが、二年前に殺害されましたよ。塩素ガスで」

「えっ！」立石が目を大きく見開く。「やっぱり、東京で起きたあの事件の被害者は……」

「そう、康夫さんです」

「あの事件の被害者の名前をニュースで聞いた時、まさか——とは思ったんです。でも、同姓同名の人物だろうと」

「まあ、康夫さんの事件と我々が調べている事件が関係しているかは分からないんですけどね」

立石が頷き、眉間の皺を一層深くした。

「参考までに教えてください。康夫さんはどんな方でした？」

「あまり褒められた人間じゃなかったです。地元のヤクザ連中と付き合っていたし、警察の厄介になったことも一度や二度じゃありませんでしたよ」

ヤクザではなかったようだから、今でいう半グレというやつか。

「ですから、よく幸秀さんに叱られていて――」

「叱られていた？」

「はい。幸秀さんは真面目な人でしたから、悪さばかりする弟が許せなかったんじゃないでしょうか。康夫さんからしたら、幸秀さんは目の上のたん瘤《こぶ》だったと思いますよ」

「じゃあ、兄弟仲も悪かったんですか？」

「かなり――」

そして幸秀が自殺し、二十九年の時を隔てて康夫も殺された。しかも、塩素ガスで――。島崎智輝との接点はあるのか？

高坂が質問を続ける。

「幸秀さんは、酒蔵の経営が重荷となって自殺したとか？」

「ええ。結婚を二ヵ月後に控えていたのに――」

「結婚⁉」

槙野は思わず声を出した。鏡はそんな話をしなかった。九年前の調査では、そこまでの話には至らなかったのだろうが、まさか滝田幸秀が結婚を間近に控えていたとは――。そんな男が簡単に自殺なんかするか？

「お相手は滝田家の知人のお嬢さんで、幸秀さんの葬式の時は見ておれませんでしたよ。もう泣きじゃくってしまって……」

ここで島崎智輝の手がかりが摑めない時は婚約者にも会ってみるか。「幸秀さんの婚約者と面識は？」と槙野は尋ねた。

「ありますよ」

「お名前を教えていただけませんか？」

「国分秀美《こくぶひでみ》さんです。日本国の国に分数の分、秀才の秀に美しいと書きます。今は東京の立川市で暮らしておられますよ」

「そこまでご存知なんですか」

「ええ。彼女の結婚式にも出ましたから」

「国分さんと親しい間柄なんですね」

「まあね、この酒蔵のお嬢さんですから。女将さんの妹です」

「では、滝田家とこちらの酒蔵には深い縁があったんですね」

「そうです。曙酒造のご当主は、この酒蔵の先代の親友でね。まあそういったわけで、幸秀さんと秀美さんも、子供の頃から互いを知っていました。それが大人になって恋愛に発展したんでしょう」

そういうことだったのか——。となると、ここの女将も滝田兄弟とは旧知の仲だったはずだ。彼女にも島崎智輝の写真を見せるべきだろう。何か思い当たることがあるかもしれない。

そこへ「失礼します」の声がかかり、板襖《いたぶすま》が開いた。

女将が気を利かせてくれたようで、盆にはコーヒーカップが載っている。

卓袱台にコーヒーカップが三つ並ぶと、立石が「女将さん。滝田家の次男の康夫さん、亡くなったそうですよ」と言った。

にこやかだった女将の顔色が変わる。

「亡くなった！」

「はい」と槙野が答えた。「二年前、塩素ガスで殺されました」

女将が口に手を当て、立石に目を向けた。

「じゃあ、東京で起きたあの事件の被害者……」

「そうです」立石が改めて高坂を見た。「女将さんと話していたんですよ。被害者の名前が滝田康夫さんだったんで、まさか、曙酒造の康夫さんじゃないでしょうねって」

女将が目に涙を浮かべ、指先でそっと拭う。

「可哀想に……」

「本当に気の毒です。女将さん、今更言っても仕方ありませんけど、康夫さんが曙酒造を継いでいれば、また違った人生を送れたかもしれませんねぇ」

女将が頷いて高坂を見る。

「では、康夫さんのことでみえられたんですか？」

「いいえ。康夫さんのお兄さんのことで」

「幸秀さんのことで？」

「そうなんです」

「幸秀さんのことならよく存じています」

「妹さんの婚約者ですもんね」

「ええ」

「そういえば」と立石が言った。「元々は女将さんの許嫁《いいなずけ》でしたよね。すっかり忘れていましたよ」

女将が苦笑する。

「そんなこともあったわねぇ」

「許嫁？」

槇野は訊き返した。

「許嫁と言っても、親同士が勝手に決めた殆ど冗談みたいな話なんです。それも、酒の席で決めたっていうんですよ、呆れるでしょう？　今時、と言っても何十年も前の話なんですけど、親の決めた相手と結婚なんてぞっとしましたから、『明治や大正の時代じゃあるまいし、許嫁なんて嫌だ』って父に言ったんです。あれは中学生の時だったかしら。そうしたら何と、妹が幸秀さんのことをずっと好きだったみたいで、ですから、どうぞどうぞといった感じで幸秀さんを——。今考えると、もし幸秀さんと結婚していたら、彼も違った人生を送れたかもしれません。妹も不憫《ふびん》で……」女将が目を伏せた。「それにしても、兄弟揃って不幸な亡くなり方をするなんて……」

「曙酒造のご当主は皆さん短命ですよねぇ。康夫さんは蔵を継がれませんでしたが、一度は跡取りの座に就かれましたし、滝田家には因縁でもあるんでしょうか？」

そろそろ本題だ。高坂を見て「先生」と告げた。

「ああ、そうでした」高坂がショルダーバッグから島崎智輝の写真を出した。「お二人、島崎智輝という名前に心当たりはありませんか？　幸秀さんに縁《ゆかり》の人物と思われるんですが」

　まず立石が写真を見た。

「知りませんねぇ」

　次いで女将も写真を見る。

「存じません、お名前も――」

　槙野は高坂に目を振り向けた。

「先生。女将さんの妹さんに会われてみては？　幸秀さんの許嫁だったのなら、島崎智輝さんの名前に心当たりがあるかも」

「そうですね。女将さん、妹さんの連絡先を教えていただくわけにはいきませんか？」

「いいですよ。メモしてきます」

　女将はすぐに戻り、国分秀美の住所と携帯番号を書いたメモを高坂に渡した。

「ありがとうございます」

「妹に会われるのなら来週の方がいいと思います。今週は亡くなった連れ合いの十三回忌があって何かと忙しいと思いますから」

　未亡人か――。

「では、そうします」と答えて高坂がメモをしまう。

　そうだった、鏡から頼まれていたのだ。

「女将さん、生酒はありますか？」

「はい、北錦が――。四合瓶と一升瓶がありますけど」

「一升瓶を三本下さい」

一本は自宅用だ。麻子は日本酒好きである。

エピソード――2

六月十五日――

タクシーを降りた前田瑠璃《まえだるり》は急いで傘を差した。二年ぶりの帰省だというのに生憎の雨だ。結婚して今は大阪に住んでいるが、父の十三回忌で帰省したのだった。

ボストンバッグを後部座席から降ろし、運転手に「どうも」と声をかけた瑠璃は、坂道を数メートル上って実家の門扉を開けた。母はここで一人暮らしをしている。

すると玄関のドアが開き、母が嬉しそうな顔で出迎えてくれた。

「車の音が聞こえたから、あんただと思った。お帰り」

「ただいま」

瑠璃にとって、母は自慢の存在だった。いや、今でもそれは変わらない。五十歳を過ぎて尚、四十代前半にしか見えない容姿。娘ながら、嫉妬するほど整った顔立ち。長い脚にスリムな身体。大学時代、一緒に歩いていて母娘でナンパされたこともあった。何よりも、真綿のような優しさで包んでくれる。全身全霊で愛してくれる。

玄関に入ると、ハチワレの猫がおぼつかない足取りでリビングから出てきた。五歳の誕生日に父が買ってくれたスコティッシュフォールドだ。もう二十一歳になるから足腰が弱るのは致し方ないか。

「あら、お出迎え？」と愛猫に声をかけ、抱き上げて頬擦りした。「軽くなっちゃって」

「仕方がないわよ。お婆ちゃんだもの」

夫が猫嫌いでなければ大阪に連れて行けたのだが、これぱかりは無理強いできず、泣く泣く母に託したのである。

猫を下ろした矢先、見慣れない物を目にした。男性用のスニーカーだ。来客か？

「誰かきてるの？」

母もスニーカーを見る。

「昔お世話になった方の息子さんよ。金沢から出てきてこっちの大学に通っているんだけど、住んでいたアパートが火事になってね。それで次の住まいが決まるまでうちで面倒みることになったの」

「何も言わなかったじゃないの」

「別にいいでしょ。あんたはここに住んでいないんだから」

「まあそうだけど──」

母の話では、居候の実家は加賀酒造という造り酒屋で、母の父、つまり先代の北尾酒造の当主が加賀酒造で修業をしたという。その関係で、母も伯母も加賀酒造に何度か行ったことがあるそうだ。

「小さい時から知っている子だし、ご両親にもお世話になったから恩返しにと思って──」

「あらそう。いつからこの家に？」

「三日前。今日は大学に行ってるわ」

「まさか、私の部屋を使わせてないわよね」

「心配しなくてもいいわ。ところで、赤ちゃんはまだ？」

「まだ」やることはちゃんとやっているが、避妊しているから授かるわけがない。夫が、もう少し二人でいたいというし、瑠璃もそう思っている。あと二年は二人きりで過ごしたい。「それよりお腹減った」

「もう夕方だものね。出前でも取ろうか」

「宗寿庵《そうじゅあん》のカレーうどんがいいな」

駅前にある、国分家御用達の蕎麦屋である。父も宗寿庵のカレーうどんに目がなかった。

「じゃあ、そうしましょう」

「居候君の分も？」

母が首を横に振る。

「ゼミの飲み会があって、今日は遅くなるんだって」

「そう。お父さんに挨拶してくる」

仏間に行って仏壇の前で正座した。

父が自殺した日のことは今でも鮮明に覚えている。学校から帰ると自宅前にパトカー数台と救急車が赤いランプを点滅させており、制服警官数名が見守る中、救急隊員二名に担がれた担架が門扉から運び出されようとするところだった。その後ろには明らかに狼狽している母がいた——。

父は自殺だった。浴室の窓と入り口にガムテープで目張りし、塩素系漂白剤と酸性洗剤を混ぜて塩素ガスを発生させた。

自殺の原因は病気を苦にしたことだった。ＡＬＳ（筋萎縮性側索硬化症）を患い、杖なしでは歩けないほどに病状は進行していた。そしてワープロ書きの遺書には、母に対する恋慕と娘への愛、進行していく病に対する恐怖、二人に迷惑をかけたくないという切実な思いが綴られていた。手書きでなかったのは病のせいだろう。すでに箸は使えず、食事にスプーンは欠かせなくなっていた。
「お父さん、ただいま──。彼とは仲良くやってるから安心してね」

シャワーを浴びて自室で髪を乾かしていると、夫から電話があった。今日も残業で今しがた帰宅したとのこと。もう午後十時前だ。
「ご苦労様。ねぇ、メモ見た？」
《ああ。今、シチューを温めているところさ》
出かける前に作っておいたのだ。サラダも。
《ところで、お義母さんは元気か？》
「うん。若い男の面倒もみてるし」
《え!?》
居候のことをざっと伝えると、《何だ、そういうことか。ホストクラブ通いでもしてるのかと思った》と夫が言った。
「お母さんがそんなことするわけないでしょ」
《そうだよな》
すると、電子レンジの音が聞こえた。

《できたようだ》

「サラダも食べてよ。あなたは野菜不足なんだから」

《分かってるよ。お義母さんによろしく伝えといてくれ》

「うん。おやすみ」

話を終えてテレビのチャンネルを替えた。そろそろ楽しみにしている連ドラが始まる。母は違う番組が観たいそうで、リビングにいる。

しかし、旅の疲れのせいか最後まで観ることなく寝てしまい、目覚めると午前零時を回っていた。

歯を磨こうと階下に下りると、奇妙な声が微かに聞こえた。

何？

立ち止まって耳を澄ます。

一階の奥の洋室、居候が使っている部屋から聞こえてくる。しかし、男性の声ではない。では母の声か？　生まれてこの方、母のこんな声は聞いたことがなかった。まさか、居候が女を連れ込んでいる？

そっと足音を忍ばせて部屋の前まで行くと、ドアの隙間から微かな明かりが漏れていた。恐る恐るドアを少しだけ開ける。

思わず口に手を当ててしまった。サイドテーブルのスタンドライトの薄明かりの中、男女が重なり合っているのだった。下になっているのは間違いなく母だ。

では、あの男性は居候か？　そうだ、そうとしか考えられない。

母の話を思い起こしてみた。居候の両親に世話になったというが──。果たして本当か？　若い男を引っ張り込んでいるという後ろめたさから嘘を言ったのではないのか？

母が喘《あえ》いでいる。

居候はまだ学生だし、美しいとはいえ母はもう五十四歳。まかり間違っても男女の関係にはならないだろうと思っていたが、まさかこんなことになっているとは……。

父が死んで十三年、母は女盛りを犠牲にして娘の自分を育て、セックスの快楽もかなぐり捨ててこの十三年間を生きてきた。その見返りを求めるのは決して罪ではないし、むしろ自然の流れであると言える。とはいえ、まさかこの歳になって母親がセックスで喘ぐ姿を見ることになろうとは──。しかも相手は自分よりも年下の学生なのだ。二日後には父の十三回忌を迎えるというのに、母は若い男の肉体に溺れている。快楽を貪っている。

二人はどうしてこんな関係になってしまった？　母は節操のある女性だから娘より年下の男を誘惑するわけがない。では、あの若者が母を誘惑したのか？　だがそうだとしても、母はどうして拒絶しなかった。どうして、こうまであの若者の肉体に溺れることになった？

居候の腰遣いが激しくなり、それにつれて母の喘ぎも大きくなる。頭を振り、髪も乱れ、「イク」を連呼する。

さすがに絶頂を迎える母を見ることはできず、そっとその場を去った瑠璃は、自分の部屋に戻ってベッドに潜り込んだ。しかし、母の喘ぎ声が耳に残って離れない。自分に覆いかぶさって腰を動かす若者の背中に爪を立て、若者の腰に足を回していた母の姿が闇に浮かび上がる。耳を塞いでも、目を瞑っても、それは容赦なく瑠璃の聴覚と視覚を衝いてくるのだった。

＊＊＊

六月十六日――

目覚めると、カーテンの隙間から陽が差し込んでいた。

壁掛け時計は午前十時を指そうとしているが、否応なしに昨夜の光景が脳裏に蘇ってくる。

結局、二人のことが気になって明け方まで眠れなかった。居候はどうしているのだろう？　こっちが昨夜のことを見たとも知らず、何食わぬ顔で自己紹介するのだろうか？　一体、どんな男なのか？　五十を過ぎた女を平気で抱くのだから何か魂胆があると思うのだが――。金か？　それともこの家と土地を狙っているのか？　そもそも、本当に学生なのか？

起き上がったが気が重い。どんな顔で母と言葉を交わせばいい？

部屋着に着替えてリビングに顔を出すと、母がテレビを観ながらコーヒーを飲んでいた。

「あら、おはよう。よく寝たわね。もう十時よ」

あなたのお陰で寝不足よ。心の内でそう呟き、「居候は？」と問いかけた。

「そんな言い方やめなさい。気の毒な子なんだから」

何が気の毒な子だ。雄と認識しているくせに――。

「どこにいるの？」

「学生さんよ。もう大学に出かけたわ」

対面式はお預けか。

「紹介しようと思ってあんたを起こそうとしたんだけど、寝かせてあげて下さいって彼が言うもんだから起こさなかったのよ」

こっちと顔を合わせたくなかったのかもしれない。どうせ二、三日で大阪に帰るのだからと、適当な理由をつけて今後も会うのを拒む気ではないだろうか。

母が膝を叩いて立ち上がる。

「さあ、洗濯しなきゃ。あんた、洗い物は？」

「いい。自分でするから」

「あら、そう」

歯を磨くうち、母がシーツを抱えて洗面所に入ってきた。明らかに来客用のシーツだ。あの男と母の汗が染み込んでいるに違いない。汚らわしくもあり、知らず、眉根を寄せていた。

母が鏡の中の瑠璃を見る。

「どうしたの？　怖い顔して？」

居候と抱き合っているあなたを見てしまったからよ。喉まで出かかったその言葉をグッと飲み込み、

「何でもない」と取り繕った。さすがに、母親に面と向かって言えることではない。

「変な子」母がドラム式の洗濯機にシーツを入れた。「洗濯が終わったら買い物に付き合ってね。

十三回忌の時に必要な物を買いたいから」

またぞろ、母と居候が抱き合う姿が眼前に彷彿《ほうふつ》としてきた。十三回忌の直前に若い男を咥え込んでおいて、どの口でそんなこと言っているのか。頷いて見せた瑠璃は、うがいカップに水を注いだ。

第二章

1

同日　午後——

事務所を出た槙野は、文壇社がある文京区に向かった。国分秀美に会う前に島崎智輝の担当編集者達からも情報を得ておくことにしたのである。幸い全員とアポが取れ、文壇社で話を訊いた後は文芸夏冬、菱川書店の順に訪ねることになった。

やがて地下鉄有楽町線護国寺駅に到着し、改札を出て『文壇社口』と表示された階段を上った。文壇社は出版業界随一の規模を誇る老舗だ。

外に出ると、三十階建ての高層ビルと大正時代を思わせるレトロなコンクリートの建物が並んでいた。どちらも文壇社の社屋だが、島崎智輝の担当編集者の部署は新館にあるらしい。

立派な玄関を潜ると正面に受付があり、垢抜けた受付嬢が二人いた。一人はショートヘアーでもう一人はロング。

そこに足を運び、担当編集者とアポを取っている旨を伝えると、首から提げるカードを渡された。『来客』と書かれている。

「お呼びしますので、そちらのソファーでお待ち下さい」

ショートヘアーの受付嬢の声に頷き、ソファーに移動した。傍には刊行作品を収めた棚が幾つかあり、暇潰しに一冊を手に取る。出版不況が叫ばれて久しいが、いずれは電子書籍が紙媒体に取って代わる時代がくるのかもしれない。

そのうち小太りの中年男が受付に現われ、受付嬢と言葉を交わしてからこっちを見た。あの男が島崎智輝の担当編集者のようだ。

男が会釈しながら近寄ってきて、こっちも立ち上がった。互いに自己紹介して名刺交換する。

二人は場所を二階のカフェに移し、担当者が物珍しそうな顔で改めてこっちを見た。

「月城先生が行方不明になっていることはお母様の電話で知ったんですけど、探偵さんまで雇われるとはねぇ。まあ、担当編集者としても月城先生の行方は気になるところですから、調査には協力させていただきますよ」

「ありがとうございます。月城さんの言動とか、気になったことはありませんか？」

「プライベートなことは殆ど話されない方でしたし、こちらも作品のこと以外でお話しすることはありませんでした。それに、ここ半年ほど連絡もしていなかったのが現状で――」

「彼の作家仲間は？　行き先に心当たりはないでしょうか？」

担当編集者が首を横に振る。

「どうでしょうねぇ。月城先生が他の作家さんの話をすることは一切ありませんでしたから、作家の友人がいたとは思えませんが」

作家仲間の線はダメか。

「では、作品の舞台のことで特に気にしていた場所とかは？」

人は思い入れのある場所に戻るという。こうなったら片っ端から当たってみる。

だが、にべもない「ありません」の声が返ってきた。

「恋人の話とかは？」

「しませんでしたねぇ。今時の男の子っていうんですか？『恋愛は面倒くさい。女の子に振り回されるのは嫌だし、一人ならそんな煩《わずら》わしい思いもしなくて済む』って言ってたぐらいですから」

草食系男子の多くがそう言うと聞いている。女に金を使うくらいなら自分の趣味に金を使うといった考え方だそうだ。中にはセックスさえも面倒だと言う男がいるらしいから、少子化もむべなるかな。バブル時代の浮かれた女どもが聞いたらどう思うだろう？　当時は、足代わりに使う男とか、飯を奢らせるためだけに飼っている男の数を自慢していたものだが——。世の中も変わったものだ。いずれにしても、智輝の失踪に女性は絡んでいないか。クライアントも、智輝に恋人はいなかったと証言している。

その後もあれこれ質問してみたものの、手がかりになるような証言は一つも得られなかった。

仕方がない。文芸夏冬に移動だ。

担当編集者に礼を言い、文壇社を出て文芸夏冬がある千代田区に足を向けた。

四十分ほどで到着し、ここでも受付で担当編集者を呼んでもらった。

現われたのは痩せた年配の男で、彼の寄越した答えも文壇社の担当編集者の答えと全く同じだった。

智輝とプライベートな付き合いは一切なく、クライアントから電話があるまで彼が行方不明になっていることさえ知らなかったという。智輝はとにかく扱い難い男で、締切りを守らないことも多々あったらしい。更にこの担当編集者はこうも言った。『月城先生の作品はワンパターン。だから、新作を書いたから読んでくれと言われても食指が動かなかった』と。つまり、智輝は没にされた原稿を抱えていたことになる。

結局、ここでも留意するような情報は得られず辞去した。

この分だと、菱川書店でも気の利いた情報は得られないような気がしてきた。それなら智輝の部屋を調べておくべきか。クライアントが気付かないだけで、行き先の手がかりになるようなものが残されているかもしれない。

クライアントに電話すると、彼女はすぐに出てくれた。

「鏡探偵事務所の槙野です」

《何か分かりましたか？》

「まだ何も――。息子さんのお部屋を見せていただくわけにはいきませんか？　行き先の手がかりが残っている可能性もありますので」

《かまいませんよ》

「ご都合は？　できれば早い方がいいんですけど」

《今日の夕方は？　五時以降なら空いておりますが》

「結構です」

《では午後五時半に、西武池袋線の江古田駅の改札で》

江古田？　クライアントの住所は世田谷区だったが――。そうか、智輝は作家でもあるわけだから、実家を出て一人暮らしをしていたのかもしれない。

「伺います」

通話を終え、とりあえず菱川書店にも行ってみることにした。


菱川書店の担当編集者が女性であることはアポを取った時に分かったが、目前で自己紹介する彼女は垢抜けた印象の女性だった。スラリとしていて小さな顔も整っている。年齢は三十前後といったところで、江波悦子《えなみえつこ》と名乗った。

名刺交換してロビーの応接セットに移動した。

「月城先生、まだ見つからないんですね」

「ええ」

「どこに行かれたのかしら？」

江波が眉根を少し寄せ、表情を曇らせた。

「月城さんと最後に話されたのは？」

「三ヵ月ほど前だったでしょうか。『短編を二つ書いたから読んで欲しい』と電話がありました」

「読まれたんですか？」

「はい」

「どんな内容です？」

「ご本人の許可がないのに教えられません」

まあそうだろう――。

「でも、その作品に月城さんが行かれた場所のことが書かれているかもしれません」

江波が即座に「いいえ」と言う。「二つとも幻想的な作品で、舞台は架空の世界です」

それなら手がかりにならないか――。

しかし、前の二つの出版社の編集者達より、江波は月城と親しそうだ。短編ではあるが作品を受け取って読んでいる。

「月城さんのプライベートはご存知ですか？」

「いいえ」

この編集者も仕事だけの付き合いか。

「好きな場所とか、思い出の場所の話は？」

「伺っておりません。作品に関するお話ばかりで」

「ところで、短編はどうなったんです？」

「没でした」

「つまらなかったということですか？」

江波が困ったような顔をする。

「そういうわけではないんですけど――」

有り体に言えば角が立つということか。面白ければ採用して、雑誌なりに載せるはずである。

智輝は新刊を出していないというし、短編も突き返された。それなら、作家としてかなり焦っていたのではないだろうか？　それで一念発起して何らかの行動を起こした。だが、それなら行き先ぐらいは親に伝えるだろう。それにしても、クライアントは何を隠している？

とりあえず、智輝の部屋に行ってみよう。

「江波さん、どうもありがとうございました。月城さんのことで何か思い出されたらお電話いただけますか」

「はい」

クライアントと会うまで二時間余りある。喫茶店で時間を潰すことにした。

約束の時間の五分前に江古田駅の改札に行くと、すでにクライアントがきていた。今日は軽装で白いワンピース姿だ。

「わざわざご足労いただいて申しわけありません」

「いいえ」

「息子さんは一人暮らしをされていたんですか？」

「ええ。家にいると書けないと言うものですからマンションを買い与えました」

マンションを買い与えた？　やはりこのクライアント、相当な金持ちだ。

「参りましょう」

クライアントが歩き出し、槙野は彼女の左に並んだ。

「近くですか？」

「歩いて五分ほどです」

間もなく、煉瓦調外壁の七階建てマンションに辿り着いた。高級感が溢れているから数千万円はする物件だろう。

「ここの六階です」

クライアントの声に頷いてエントランスに入り、オートロックのドアを潜って六階に上がった。エレベーターを降りて通路に足を踏み出すとスカイツリーがよく見えた。クライアントは歩き続け、通路の一番奥まで進んで立ち止まった。

「ここです」

表札にはローマ字で『ＳＨＩＭＡＺＡＫＩ』と書かれており、『６０９』の部屋番号も表示されている。

クライアントがドアを開け、槙野はラベンダーの香りが漂う玄関に入った。

玄関は広く、楽に三人が並んで立てる。左に下駄箱があって小物と芳香剤が置かれていた。出されたスリッパを履いてフローリングの廊下を奥に進む。

右手にドアが二つあって、正面にもドアがある。

「間取りは２ＬＤＫなんです」とクライアントが言い、正面のドアを開けた。

向こう側はリビングダイニングで、リビングとキッチンはオープンカウンターで仕切られている。

キッチンは整理されていてシンクにも生ゴミなどナシ。リビングスペースは十二畳ほどだろうか。中央に座り心地が良さそうなロングカウチと大きめのガラステーブルがあり、左の壁には大型の８Ｋテレビが置かれている。テレビの横のベランダ側にはマッサージチェアーがあり、広いベランダにはひと組のテーブルと椅子が見て取れる。

クライアントがリビング横のドアを開けた。

「こっちが寝室です」

言われてその部屋を覗いた。六畳ほどの広さの洋室で、ダブルベッドとサイドテーブル、ロッカーが二つあるだけだ。

「ご覧のように、この部屋にあるのはベッドとロッカーだけです。メモの類は一切ありませんでした」

中に入って首を巡らせてみたが、探偵の食指が動きそうなものは見当たらない。今までの経験からも、寝室で手がかりを摑んだことがないからここはスルーすることにした。

「智輝さんはどこで執筆を？」

「玄関に一番近い部屋です」

廊下に二つ並んだドアがあった。

クライアントとリビングを出た槙野は、開かれたドアの向こうを覗き込んだ。天井まである大型の本棚が四つもあり、どれにもぎっしりと本が詰め込まれている。そして本棚に囲まれるような格好で木製の机があって、机の上にはノートパソコンとメモのセットがあった。それにしても整理整頓された部屋だ。こっちが独身の時は、長く家を空ける時でも生ゴミの処理をするだけで部屋の片付けなどしなかった。

「拝見したところ、この部屋も寝室もキッチンも整理されています。あなたがされたんでしょうか？」

「ええ。母親だから当然でしょう」

わざわざ世田谷から掃除しにきているのか。住んでいる本人にさせればいいものを――。

「あのパソコンで小説を書かれていたんですか？」

「はい――」

「触っても？」

「どうぞ」

机に寄ってPCの蓋を開けた。

「中のデータ、ご覧になられました？」

「いいえ。パスワードがあって開けないんです」

こっちもPC関係はお手上げだ。鏡探偵事務所の秘密兵器、弁護士の高坂もPCだけは門外漢《もんがいかん》だという。映画や小説なら、こんな時は都合よくハッカーが登場するのだが――。

メモを手に取って凝視した。筆圧によって紙が凹んでいれば、上から紙を当てて鉛筆で擦れば電話番号などが浮かび上がることがある。だが、メモには凹んだ痕跡さえなかった。

「智輝さんは取材旅行とかされていましたか？」

「ええ、たまに――」

「直近で行かれたのは？」

クライアントが考えるふうをする。

「――長野県だったと。失踪する三ヵ月ほど前、『取材で長野に行くから旅費が欲しい』と言ってきました」

　長野で何かあったとも考えられる。

「詳しい場所は？」

「そこまでは聞いておりません」

　智輝はホラー作家なのだから心霊スポットにでも行ったか？　手がかりが掴める可能性もあり、長野県内の心霊スポットを調べてみることにした。


　事務所に戻り、早速PCを立ち上げて心霊スポットの検索を開始した。

　まず最初に出てきたのは、『人肉館』というスポットだった。紹介文を読んでみると元は焼肉屋だそうで、店主が経営難から肉の仕入れができなくなり、仕方なく人間を殺して客に人肉を出したことから『人肉館』と呼ばれるようになったという。だが、まともに信じられるような話ではなく、「馬鹿馬鹿しい」と呟いて次の心霊スポットを探した。

　次に見つけたのは『野竹トンネル』だった。婆さんの霊が出るとか、ジェット爺さんが追いかけてくるとか、白い服を着た女が現われるとかの噂があるらしく、その理由は、このトンネルが墓の下を通っているからだそうである。まあ、『人肉館』よりはまともなスポットに思える。

　そんなこんなで数か所の心霊スポット情報を得たものの、島崎智輝が行ったかもしれないスポットを特定できるはずもない。結局、片っ端から訪ねて近隣で訊き込みをするしかないという結論に至り、長野に出張することにした。雲を掴むような話だから空振りに終わる可能性は大だが、今はそれしか方法がない。

2

六月十七日　午前十一時――

車で警視庁本庁舎を出た東條有紀は、最寄りの首都高速入り口に進路を取った。これからK医大病院に向かう。例の逆さ吊り遺体の身元が判明したのである。他のメンバー達は奥多摩町にいる。

遺体の推定年齢が発表されたことで警察に複数の問い合わせがあり、そのうちの一件が二時間前に該当した。問い合わせてきたのは奥多摩町在住の三十八歳男性で、父親が数日前から行方不明になっていて捜索願を出していると訴えていた。それで三十八歳男性のDNAを採取して遺体のDNAとの照合要請をしていたところ、ほぼ一〇〇パーセントの確率で親子関係が証明されたのだった。

被害者の名前は後藤弘明《ごとうひろあき》、六十一歳。奥多摩町内でスーパーと書店・レンタルビデオ店を経営。失踪当日の午後九時頃、売上金を持ってレンタルビデオ店を出るところと、夜間金庫に売上金を預けるところが防犯カメラに収められているが、以後、消息を絶っていた。

その後、捜索願をチェックして後藤の顔写真を入手した。どことなく目つきの鋭い顔で、顎は尖った印象。髪は染めているのか黒々としている。

やがてK医大に到着し、法医学教室に足を向けた。後藤の息子とは遺体保管室の前で会うことになっているが、遺体の損傷具合について伝えるのが辛い。生前の姿とは別物なのだ。遺体と対面した時にどれほどのショックを受けるだろう。

遺体保管室の前で待つこと二十分余り、髭の濃い大柄な中年男性が、見るからに悲痛な表情でやってきた。

「後藤さんですか？」と声をかける。

「はい」

「お電話した、警視庁の東條です。まず、ご遺体についてなんですけど……」

言い難さを堪え、ありのままに伝えていく。

後藤の息子はというと、その話を唇を嚙み締めたまま聞いていた。

ようやく説明を終え、「それではご遺体を」と促した。

職員を呼んで遺体保管室に入り、職員が冷蔵庫から遺体袋を出す作業を見守る。

ストレッチャーが目前に運ばれ、有紀はジッパーに手を伸ばした。

しんと静まり返り、後藤の息子が唾を飲み込む音が聞こえてきそうだ。

ジッパーをゆっくりと下げると、無残なデスマスクが露になった。眼球が消失した二つの眼窩に蛆の姿はないが、相変わらず腐敗臭が放たれて皮膚にも黄色い体液が浮き出ている。

「これが親父《おやじ》……」

後藤の息子が声を絞り出す。

「お気の毒です」

腐乱しているとはいえ父は父。後藤の息子は目を背けることなく遺体を見据え、そのうち人目も憚《はばか》らずに泣き出した。遺体にも縋りつく。

その姿を見て、あの日のことが脳裏に浮かんだ。折からの寒波で、東京が凍りついていたあの日のことが――。


――――


スリーポイントを狙ってシュートを放ったが、またもやリングに嫌われてリバウンドを取られた。

対戦チームのカウンターを食らった仲間達が自陣へと急ぐ。

有紀はいち早くゴール下にポジションを取ったが、ドリブルで突っ込んでくる相手選手をブロックした矢先、主審が笛を吹いた。

「ブロッキング！」

痛恨のファウルだった。これでフリースローを与えてしまったことになる。三点ビハインドだというのに更に突き放されてしまうかもしれない。残り時間はあと一分――。

「ごめん――」

仲間達に謝ると、誰も有紀を責めなかった。だが、監督が交代を告げ、ベンチに退くのは有紀だった。納得の采配だ。今日は凡ミスが多く、よく今まで交代させられなかったと思うほどである。それもこれも、姉の恵のことがあるからだ。昨夜から連絡が取れなくなっており、そのことがあって試合に集中できないでいた。できれば今日は欠場したかった。しかし、関東新人大会が間近に迫っており、テストマッチとも言える今日の練習試合にエースの自分が出ないわけにはいかなかった。連携プレイの確認など実戦でしか得られないものは多々あるし、仲間達も関東新人大会出場を目指して必死に努力してきた。その努力をこっちの都合で無にすることはできず、自宅で膝を抱えているわけにはいかなかったのだ。そして練習試合に挑んだものの、やはり精神的な不安はプレイに現われてしまったようだった。

コートを出ると、交代選手と、コートに残った四人に全てを託すしかなかった。

監督が険しい表情で有紀を見据えた。

「すみません」

監督からの返事はなかった。こっちの不甲斐なさに呆れているのだろう。

そして試合が終わって監督の説教が始まったのだが、何故か担任が体育館に入ってきて「東條！」と叫んだ。

心臓が大きな鼓動を打ち鳴らす。きっと恵のことで連絡があったのだ。

担任に駆け寄るや、「お母さんから電話があった。北陵医大病院にくるようにとのことだ」と言われた。

大学病院？　では、恵が怪我を？

「母は他に何か言っていませんでしたか？」

担任が目を伏せる。

「答えて下さい！」

「お姉さんは――亡くなられたそうだ……」

我が耳を疑った。知らず、「嘘でしょう……」の声が漏れる。膝の力が抜け、その場に崩れ落ちた。

きっと何かの間違いだ――。

担任が有紀を抱き起こす。

「タクシーを呼ぶ。着替えて正門までこい」

ようやく現実に立ち戻って急いで部室に向かったが、その間も「間違いだ。きっと間違いだ」と繰り返し言った。

部室に辿り着き、乱暴にダウンコートを羽織る。

恵に何があったというのか？　どうして恵は死んだのか？　遺体は大学病院に運ばれたのだから何らかの事故か？


タクシーに乗って携帯を出し、震える指でキーを操作した。携帯を耳に当てて息を呑む。

最初に聞こえてきたのは、母が洟を啜る音だった。続いて《有紀……》の声が続く。

「今、タクシーに乗ったから」

《病院の……。病院の霊安室にきなさい……》

母の声が啜り泣きに変わった。

「お母さん、何があったのよ――。お姉ちゃんに何が！」

《こ、殺されたの……》

母が声を詰まらせる。

殺された？　どうして……。

《――荒川に架かる鉄橋の下で見つかって……》

天を仰ぐ母が見えるようだ。

その後はお互い言葉にならず、「待っていて」と声を絞り出して通話を切った。

沈黙の時間が流れ去り、どこをどう走ったのかも定かでないまま、タクシーは北陵医大病院の夜間通用口前で止まった。

急いで院内に駆け込み、夜間受付で霊安室の所在を尋ねた。地下一階にあるという。

職員が渡してくれた院内図を確認しつつ、すぐそこのエレベーターに乗った。

エレベーターを降りて霊安室を探すうち、制服警官の姿を捉えた。警官の向こうにも数人の男性がいる。そのうちの一人は壁を叩いており、こっちの視線を感じたのか目を振り向けてきた。恵の婚約者だった。

「有紀ちゃん」

「お姉ちゃんに何があったんですか⁉　殺されたってどういうことですか⁉」

恵の婚約者が力なく首を横に振る。

「分からないんだ――」

「こちらは？」と男性達の一人が婚約者に尋ねた。

「恵の妹です」

男性が有紀に警察手帳を提示し、「お気の毒です」と告げた。

すると霊安室のドアが開き、父と母が出てきた。母は歩くこともままならないようで、号泣したまま父に支えられている。

父が母をベンチに座らせ、涙をいっぱいに溜めた目でこっちを見た。

「有紀。恵に会ってきなさい」

そっと頷き、震える手で霊安室のドアノブを回した。

恵は薄暗い霊安室の中央で横たわっていた。白い患者着を着せられ、胸の上で手を組んでいる。

お姉ちゃん……。

恵の顔を見るのが怖い。見れば、殺されたという現実を受け止めなくてはならなくなる。どうか夢であって欲しい。目覚ましの音でこの夢を消し去って欲しい。だが、この寒々とした空間が、これは現実だと告げていた。

竦《すく》む足を少しずつ進め、ようやく恵の顔を見下ろした。

思わず息を呑み、瞬時に腹の底で怒りが渦巻いた。恵の左目と顎の辺りには明らかな痣《あざ》があり、額には擦過傷もある。首には手で絞められたような痕も残っていた。

知らず拳を握り締め、その拳が小刻みに震える。口の中に広がったのは明らかに血だった。嚙んだ唇から滲み出したようだ。

溢れ出る涙で恵の顔がぼやけて見える。同時に、恵との数々の思い出が、いつも真綿のような優しさで包んでくれた思い出が、困った時は必ず助け船を出してくれた思い出が、『プロポーズされたのよ』と眩しい笑顔で報告してくれた時の思い出が、脳裏を掠めては消えていく。そんなかけがえのない姉を、東條家の太陽を、犯人は理不尽にも奪い去ったのだ。

怖かっただろう。悔しかっただろう。もうじき花嫁になるはずだったのに、どうしてこんな非業の最期を迎えなければならなかったのか！　神がいるなら、天があるなら、どうして恵を守ってくれなかったのだ。

膝の力が抜けてリノリウムの床に座り込んだ。目線の高さにある恵の横顔を間近に見て、怒りは更に渦を巻いた。恵の頬には涙の痕がくっきりと残っていた。

許さない……。許さない——。許さない！　犯人を見つけたら同じ目に遭わせる！　許しを乞おうとも絶対に許さない。泣き叫ぼうと絶対に許さない。

「——親父……。——親父……」

この男性の胸にも、父親との思い出が去来しては消えているのだろう。気の毒でならないが、同情だけで事件は解決しないのだ。自分にできるのは一つでも多くの手がかりを見つけること。

ひとしきり泣いて少しは落ち着きを取り戻したのか、後藤の息子がハンカチで涙を拭った。

「刑事さん。犯人を捕まえてください」

「無論です」

「事情聴取、すぐに受けます」

「いいんですか？　落ち着かれてからでも構いませんが」

「いいえ。一刻も早く犯人を捕まえてもらいたいですから」

「では、外に──」

職員に礼を言い、後藤の息子を連れて廊下に出た。

「遺体の状態から察するに、後藤さんは犯人から恨まれていたのではないかと我々は考えています。最近、何かトラブルは？　例えば金銭関係」

息子が即座に首を横に振った。

「そんなのありませんよ。失踪した日も、いつもと変わらず穏やかで──。トラブルなんか抱えていたら、あんなに穏やかではいられないでしょう。それに金銭問題もありません。うちの店を見てもらえば分かると思いますけど、とても繁盛していて毎年大きな黒字を出しています。従業員も厚遇しているんですから」

しかし、惨殺されたのは事実だ。家族に言えない秘密を抱えていた可能性はある。

「ご商売はスーパーとレンタルビデオ店の経営でしたね。長いんですか？」

「ええ。私が小学校低学年の時からですから、もう三十年ほどになりますね。それ以前は金融業をしていたんですが、割に合わなくなって辞めたと聞いています」

金融？

「消費者金融ですか？」

「ええ」

サラ金か──。

「金融業の方はいつ辞められました？」

「スーパーを始める少し前だったかな」

サラ金規制法が施行されたのは確か一九八三年だった。それまで横行していた高金利と暴力的な取り立てができなくなって、多くのサラ金業者が廃業に追い込まれたと聞く。後藤もその口で、新たな商売としてスーパー経営に乗り出したのではないだろうか？

それからも幾つか質問したが留意するような証言は得られず、後藤の息子を解放して長谷川に電話した。

「東條です。後藤さんですが、以前はサラ金業もしていたようです」

《サラ金をやっていたなら金銭的な恨みを買うことはあっただろうな》

「ですが、三十年ほど前に辞めています」

《ってことは、サラ金規制法が施行された後じゃないか》

「そうなんです。サラ金を辞めて三十年も経っていますから、今更その時の恨みを晴らそうと考える輩がいるでしょうか？　殺すならもっと早くに殺せたはずだと思うんですけど」

《世の中には執念深い連中もいるからな。こっちに合流しろ》

「はい」

警察車両を降りた有紀は、『後藤マート』の看板を掲げるスーパーを見据えた。レンタルビデオ店と書店が隣接しており、繁盛しているらしく駐車場には多くの車が止められている。マスコミの車もちらほら見え、『報道』の腕章をつけた男性やらVTRカメラを担いだ男性がいる。

そこへ、西多摩署の里田がやってきた。身元判明の件を伝え、ここで待ち合わせることにしたのである。

互いに「ご苦労様です」と挨拶を交わすと、里田が大きな溜息を吐き出した。

「まさか、あの死体がこのスーパーの社長だったなんて――。私の実家、すぐ近くなんですよ」

「トラブルの噂とか耳にしていませんか？」

「いいえ。全く――」

息子の証言と同じか。

「ところで、息子さんの証言は？」

「留意するような証言はありませんでした」携帯を出して長谷川を呼び出した。「東條です。後藤さんが経営するスーパーに到着しました」

《ご苦労。こっちはスーパーとビデオ店の事情聴取を終えて近所で目撃者を探しているが、気の利いた情報はなしだ。楢さんは防犯カメラのチェックをしていて、今のところ連絡はない》

「では、こちらも目撃者を探します」通話を終えて里田に目を向けた。「スーパーの買い物客から話を訊きます」

「了解」

歩き出し、「このスーパー、繁盛してるんですって？」と尋ねた。

「そうなんです。安いし新鮮だし、土日なんか駐車場の整理員まで出ますよ」

気の利いた証言を得られぬまま訊き込みを終えると、陽は西に大きく傾いていた。携帯が鳴る。長谷川かと思ったら、意外な人物からだった。槙野だ。
「どうされました?」
《ちょっと耳に入れておきたいことがあってな》
歩を止めて里田を見た。「先に車に」と伝えて槙野との会話に戻る。「何でしょう?」
《さっき、所長から電話があったんだ。奥多摩で見つかった逆さ吊り死体のことでな——。そっちが担当していることを思い出したもんだから電話した》
身元が判明したことがそろそろ報道ベースに載るだろうと思っていたが、鏡もテレビを見たようだ。しかし、槙野がわざわざ電話してくるということは——。
《そんでな、テレビに被害者が経営していたスーパーが映ったそうなんだけど》
「今、きていますよ」
《そうだったのか》
「それで?」
《所長も九年前にそのスーパーに行ったことがあって、そこは三十年ほど前まで酒蔵だったらしいんだ。つまり、惨殺された被害者が酒蔵を買ってスーパーにしたってことだ》
鏡がここにきたとしても、そんなことは只の偶然。そう思った途端、思わず息を呑むことになった。
《でも何故か三十一年前、当時の酒蔵の経営者が結婚を目前にして首吊り自殺をした。しかもだ、経

営者の弟も二年前に塩素ガスで殺された》
「待ってください。町田市で起きた、あの塩素ガス殺人の被害者？」
《そういうこと。そしてスーパーの経営者が惨殺されただろ？　だから嫌な予感がして、伝えとこうかと――》
瞬く間に、『過去の因縁』という思いが脳裏を過った。後藤は人に恨まれるような人物ではなかったというが、過去に土地の取引でトラブルがあったのかもしれない。しかも、サラ金までしていたのだ。
槙野が、酒蔵が売られた経緯を教えてくれた。
「じゃあ、酒蔵を売ったのは家督を継いだ弟なんですね」
《うん。康夫には女房と娘がいるんだが、ＤＶが酷かったみてぇで何年も前に出て行ったとさ》
後藤が酒蔵を手に入れた経緯を調べてみるべきか。
「鏡さんは今どちらに？」
《事務所にいるって言ってたけど》
「連絡してみます。貴重な情報、ありがとうございました」
思わぬ情報提供だった。やはり、鏡探偵事務所の面々とは浅からぬ縁があるらしい。
早速、鏡に電話した。
《はい。鏡探偵事務所です》
飛び切り愛想のいい声だった。経営者としては当然の対応か。
「警視庁の東條です。槙野さんからお電話をいただきまして」

《ああ、参考になったかな?》
「はい。詳しいお話を聞かせていただけないでしょうか?」
《守秘義務があって、調査内容と依頼者については教えられない。それでもいいかね?》
「構いません。教えられる範囲で話していただければ」
《分かった。じゃあ、これからくるかい?》
「今、奥多摩なんです。これからお伺いすると午後九時を回るかと」
《それなら明日にしようか。朝の十時でどう?》
「結構です。では明日、お伺いします」
通話を終えると、今度は長谷川からかかってきた。
「班長。報告があってお電話しようと思っていたところなんです」
《何か摑めたか?》
ざっと槙野からの情報について伝えると、長谷川が声を裏返らせた。
《あの、町田で起きた塩素ガス殺人の被害者が⁉》
「はい、腰が抜けそうな情報でした。後藤さんの一件と関連があるかもしれませんね」
《まさかあの事件が出てくるとはなぁ——》
「明日、鏡さんから詳しい話を伺うことになっています」
《分かった。それにしてもお前、つくづく槙野と縁があるじゃないか。まあ、あいつも刑事だったわけだけど》

「自分でも不思議に思います。どういうわけか、うちの班が担当する事件と槙野さんの調査がリンクしますからね」
《なんだかオカルトめいてるな》
「ところで、そちらの進展は？」
《目撃者はまだ見つからん。楢さんからも連絡なしだ》
車に戻った有紀は、明日は中野区に出向く旨を里田に伝えた。

＊＊＊

六月十八日——

鏡探偵事務所に顔を出した有紀は、まず鏡に挨拶し、里田を紹介した。

「お忙しいのにお時間を取っていただき、感謝しております」

「いいっていいって。じゃあ、こっちに」

衝立の向こうの応接スペースに案内され、向き合ったロングソファーに腰を沈めた。

鏡が有紀の正面に座り、すぐにアイスコーヒーが振舞われた。

「暑かったろう。まあ、喉でも潤してくれ」

勧められ、「いただきます」と返してストローを摑んだ。「ところで、槙野さんは？」

「長野に出張だ。心霊スポットの捜索さ」

「え？」

「まあ、今回の調査は色々とあってね」

鏡が苦笑する。

探偵業も大変のようだ。

鏡が咳払いをし、「で、詳しい話が訊きたいそうだが？」と切り出した。

「はい。あのスーパーの土地の前の所有者、例の塩素ガス殺人の被害者だとか。実の兄も三十一年前に首吊り自殺したと聞きました」

「そう」鏡が頷き、スチールラックから分厚いバインダーを出した。ソファーに戻ってページを捲っていく。「これだ」

有紀は手帳を出してボールペンを握った。

「まず兄の方から話そう。名前は滝田幸秀。二十六歳の時に首吊り自殺をしている」

「随分若いですけど、その若さで酒蔵の経営を？」

「ああ、父親が急死したからだ。蔵の名前は曙酒造」

「幸秀さんが自殺した理由は？」

「酒蔵の経営に頭を痛めたからと言われているが、どうも腑に落ちない。結婚を二ヵ月後に控えていたからだ。当時、酒蔵で働いていた人物もそう言ってる」

鏡の話をメモしていく。

「よく見つけ出しましたね」

「苦労したけどね。立石さんと言って、今は高崎にある北尾酒造という酒蔵で杜氏をしているよ。弟のことに移ろうか。名前は滝田康夫、以前は港区の三田に住んでいた。立派な家だったけど、何故か町田市のくたびれたマンションに引っ越し、二年前に塩素ガスで殺された」

それからしばらく、滝田康夫の話に耳を傾けた。兄の幸秀とは仲が悪かったというが――。

「幸秀氏はどのような状態で発見されたんでしょう？」

「蔵で首を吊っていたらしい。これが幸秀の写真だ」

渡された写真を見つめた。体格の良い男性である。


長谷川達と合流して午後七時まで目撃者を探したが今日も空振り。そんなわけで二班はミーティングがてら一杯やることになり、駅近くの居酒屋に場所を移した。当然、個室。

生ビールのジョッキが運ばれ、長谷川の「お疲れ」の声でジョッキをぶつけ合う。

長谷川がジョッキを半分空け、口に泡を残したまま「東條。電話で鏡さんの証言は聞いたが、もう一度詳しく話せ」と言った。

「はい」

手帳を出して走り書きしたページを開ける。それから五分ほどかけて内容を伝え、滝田幸秀の写真をテーブルに置いた。

楢本が写真を手に取り、「妙な話だな」と言う。

「そうなんです。兄弟揃って不幸な死で、しかも弟の滝田康夫は、幸秀が死んでから二十九年も経って塩素ガスで殺害されました。そして、曙酒造を買ってスーパーに建て替えた後藤さんも先日殺されました。後藤さんはサラ金業もしていましたし、酒蔵の売買で何かあったんじゃないでしょうか?」

メンバー達が幸秀の写真を回し見する。

「だけど､酒蔵が売却されたのは三十年も前のことだろ?」と内山が言った。「売却でモメたとしても、今頃、あんな残酷な方法で殺すか?」

「そんなことは調べてみないと分からない」反論してジョッキを空けた。「元木。ウーロンハイ頼んで」

「俺は生のお代わりだ」と楢本も言う。

元木が従業員を呼んで注文すると、長谷川が楢本に目を向けた。

「内山と二人で、滝田康夫の事件を調べ直してくれ」

「承知しました」

「東條は滝田幸秀の自殺を調べろ。元木は引き続き後藤さんの目撃者捜し。俺は後藤さん本人のことを調べ直す」

＊＊＊

六月十九日　午前八時半——

駅近くのビジネスホテルを出た有紀は西多摩警察署に足を向けた。

昨日のうちに里田に電話して事情を説明しておいたから、滝田幸秀の自殺に関する詳細はすぐに分かるだろう。

西多摩警察署の正面玄関を抜けると、里田から「東條さん」と声をかけられた。

「おはようございます」

「昨日の件ですが、自殺ということで生活安全課に問い合わせたところ、確かに滝田幸秀という人物の記録があるそうです」

里田がこの警察署の所属だからすんなりと事が運んだようだ。

「ありがとうございます」

案内されて生活安全課に移動し、女性職員から調書のコピーを渡された。それから別室に移って調書を読む。

鏡に教えられたとおり、幸秀が死んだのは三十一年前で享年二十六歳。

幸秀が発見されたのは曙酒造に三つあった蔵の一番東で、三つ並ぶ酒樽の真ん中の樽の正面。天井の梁《はり》にロープをかけて首を吊っていたという。恐怖を打ち消すためか、かなりアルコールを飲んだようで、血中のアルコール濃度も高かったそうだ。防御創などの外的な傷がなかったことから検視官は自殺と判断、司法解剖は行われていない。その後、弟の康夫から事情を訊いたところ、酒蔵の経営で頭を痛めていたという証言があり、借金を苦にしての自殺と断定された。

「どう見ても自殺ですよね」

調書のコピーを読んでいた里田が言う。

だが、同調も頷きもしなかった。今までにも自殺に見せかけた殺人事件を多く手掛けてきたのだ。

今回はそうでないことを祈りたいが……。

「曙酒造の写真も見てみたいですね」

「それなら、図書館か奥多摩町の資料館に行きましょう。子供の頃に見たことがあります」

図書館に足を運ぶと、昭和三十五年に撮られた奥多摩町の航空写真の中に曙酒造を写したものがあった。少なく見積もっても数百坪はありそうで、蔵が三つと高い煙突、母屋と思しき大きな建屋の他、別棟も一つ確認できる。それらを白い塀が囲んでいた。説明文には曙酒造の歴史が書かれており、創業は寛永六年とある。歴史のある酒蔵だったようだ。三十年前の奥多摩町とはいえ、これだけの物件だから数億はしただろう。それを三十歳そこそこだった後藤が手に入れたとは――。
曙酒造の写真のコピーをもらって図書館を出ると、長谷川から連絡があった。
《後藤家のこと、調べたぞ》
「資産家でしたか？」
《今はな》
「ということは、元はそうではなかった？」
《後藤さんの父親は役場の職員で、母親は専業主婦をしていたらしい。役場勤務だったのなら貧困とは無縁だったかもしれないが、裕福とは程遠い。そして後藤さん本人は高校を中退してテキヤをしていた》
「縁日なんかで屋台を出す？」

《ああ。そのテキヤ一家は昔、西多摩郡一帯を縄張りにしていた俠客だったそうだ。その後、後藤さんは二十三歳でサラ金業に手を染めた。問題は曙酒造を手に入れた経緯だ。銀行が金を貸した記録が見つからない》
「現金で買ったということですか？」
《そうとしか考えられんが、サラ金業で儲けたとしても、三十歳そこそこで数億もの大金を稼げただろうか？》
「ですよね。やはり、曙酒造の譲渡には裏があるのでは？」
《そう考えるのが妥当だな――。そしてその裏の事情ってのが、後藤さん殺害に繫がっているような気がする》
「他のメンバーからの報告は？」
《まだだ》

楢本と内山が戻ってきたのは夜半で、長谷川の命令で駅近くのファミレスに集まった。

楢本が手帳を開く。

「町田の事件の捜査を担当したのは、七係の第三強行犯捜査の連中でした。滝田さんの享年は五十一歳、家族は妻と娘が一人。滝田さんは二度結婚していて、最初の結婚は三十歳の時。しかし、八年で離婚して、二年後に七歳下の子連れ女性と再婚していました。しかし、DVが原因で六年後に別居。再婚相手の名前は綾乃《あやの》で現在四十六歳。娘の名前は由美《ゆみ》で現在二十三歳、結婚して今は都並《つなみ》姓になっています」

「娘とは血が繋がっていなかったんだな」と長谷川が言う。

「そうなんです、娘もＤＶを受けていたようで——。離婚が成立したのは滝田さんの死後、好き好んで別居中のＤＶ夫と婚姻関係を続ける物好きはいないでしょうから、滝田さんが離婚を拒否していたんでしょう」

「確か、二人にはアリバイがあって容疑者リストから外されたんだったよな」

「滝田さんの死亡推定時刻のアリバイがあったことで裁判所が勾留申請を却下したんですが——。その時の経緯については後ほど」

「事件の詳細を」

「滝田さんが発見されたのは二年前の五月七日の午後八時半、死亡推定時刻は前日六日の午前五時から七時の間。第一発見者は滝田さんがアルバイトをしていたコンビニの同僚です。前日と当日を無断欠勤して連絡も取れない滝田さんを心配して部屋を訪ねたところ、玄関ドアの鍵が開いていたそうです。そして、インターホンを押しても返事がないのに鍵が開いているのは変だと感じて中に入ると、微かに異臭がしたといいます。それから滝田さんを探し、トイレのドアが開かないことから中に滝田さんがいると直感して警察に通報。

　トイレのドアを開けるのにも苦労したそうですよ。ドアの形状が押して入るタイプだったもんですから滝田さんの遺体が障害物となったんです。そんなわけで、ドアをバールで壊して中に侵入。

　トイレの中は塩素ガスで目も開けられない状態で、内側のドアノブが外れていたことから警官達は事件性を疑って本部に報告。トイレは窓がなくて広さは畳一枚ほど、洋式で、便器の上に水洗タンクを載せる古いタイプのものでした。鑑識が調べたところ、水洗タンク内に塩素系漂白剤が残っていて、タンクと直結している水道栓も閉められていました。しかも、タンクの蓋には市販のシールテープまで貼ってあったそうです。このシールテープ、タンクと蓋の隙間を塞ぎ、塩素系漂白剤の臭いが外に漏れないようにするために使われたと見られています。最終的に鑑識は、『便器内の水が溜まる部分に酸性洗剤があり、タンクのレバーを引いたことで中の塩素系漂白剤が流れ、便器内の酸性洗剤と混ざって塩素ガスが発生した』と結論。それとドアノブですが、回すと外れるようにビスが外されていました」

「ドアを閉める時はノブなんか回しませんからね」と有紀が言った。「だから滝田さんは細工されたノブに気付かず、不用意にも開けられないドアを閉めてしまった。でも、体当たりしてドアを壊すかできなかったんでしょうか?」

「しただろう。でも、ドアを壊せなかった。何故なら、滝田さんは脳梗塞を患って左足と左手に障害が残っていたからだ。健常時の半分ほどしか力が入らなかったとかでな。そのことも同僚が証言した。司法解剖の結果、他の薬物の反応が出なかったことから塩素ガス中毒と断定」

「コンビニの所在地は?」

長谷川が訊く。

「横浜線の矢部駅から歩いて五分ほどです。町田駅からだと四つ目になりますね。五年前から働き始め、脳梗塞を起こして以後の収入は月に十五、六万円だったとか。それまでは月に二十四、五万稼いでいたということですが」

「脳梗塞を起こしたのはいつだ？」

「二年半ほど前だとか」

「ってことは、脳梗塞を起こしてそれほど経たない内に殺されたわけか。だが、その程度の収入じゃ、脳梗塞を起こして以後の生活は家賃を払うとカツカツだっただろうな」

「でも、車を持っていました。安いですが駐車場も借りていて」

「家賃プラス駐車場代？　それでよく食ってたな、他に収入でもあったのか？　あるいは蓄えがあったのか——。銀行口座は？」

「残高は三十万円弱で、振り込みはバイト代のものだけです」

「妙な話だな。港区から町田に引っ越した経緯は？」

「事業が行き詰まって銀行返済ができなくなり、三田の自宅を抵当として取られています。そして町田市に移ったんですが、借金のこともあってＤＶが始まり別居を」

「それなら、女房が生活費を援助してたってことはないな」

「はい。妻もそれは否定しています」

「殺害現場の話を続けてくれ」

　楢本が咳払いをする。

「滝田さんの発見時、便器内には相当量の塩素化合物が残っていたそうです。推定で、ガス発生時の便器内の総量は一〇リットル前後」

「かなりの量じゃないか」

「はい」と内山が言う。「これも周到と言うか――。便器の水が溜まる部分ですが、奥に詰め物がしてありました。混ざった塩素化合物が流れないようにです。ですから、発生したガス量も半端じゃなかったでしょう。そんな中にいたら、あっという間に塩素ガス中毒を起こしますよ。それと換気扇です。回らないように配線が切られていました」

「手の込んだことを――。知恵が回る犯人だ」長谷川が腕を組む。「楢さん、七係の見解は？」

「犯人が滝田さんに睡眠薬を飲ませ、滝田さんが眠っている間にトイレに細工したと推測しています。人間誰だって、目覚めたら生理現象として尿意や便意を催しますし、目覚めた頃には滝田さんの体内から睡眠薬の成分も消えていただろうと」

「睡眠薬を飲ませたとなると、かなり親しい間柄だな。滝田さんの人間関係は？」

「人付き合いは悪かったそうですよ。これはさっき言った元同僚とコンビニ経営者の証言です。携帯電話に残っていた最新の通話記録も二年前の四月二十五日が最後で――」

「しかし、誰かが滝田さんの部屋に入り、滝田さんに睡眠薬を飲ませた――か。最後の通話記録は誰とのものだ？」

「大手菓子メーカーのカスタマーセンターです。早い話がクレーム係ですよ」

「楢さん」と元木が言った。「シールテープで水洗タンク内の塩素系漂白剤の臭いをシャットアウトしても、滝田さんがトイレに入った時点で便器の中には酸性洗剤がありました。どうして滝田さんはその臭いに気付かなかったんでしょう？　普通は気付いて変に思いますよね」

「気付いていたと思う」と有紀が答えた。

「それなのに、用を足して水洗タンクのレバーを動かしたんですか？」

「そう。滝田さんの周りに、トイレ掃除をしてくれる人物がいればの話だけど」

「え？」

「滝田さんに睡眠薬を飲ませることができて、トイレ掃除をしても滝田さんが怪しまない人物がいるはず。つまり、女性」

「捜査班も東條と同じ見解だ」と楢本が言った。「事実、滝田さんの部屋の階の住人が、滝田さんの部屋に出入りする女を度々目撃している。そしてその女は、決まってマスクを着けてサングラスをしていたそうだ」

「顔が分からないようにですか？」

「素顔を見た人間が誰もいないんだから、そうとしか考えられんだろう」

「となると、その女が金づるだったのかもしれないな」と長谷川が言った。「いつぐらいから滝田さんの部屋を訪ねていた？」

「滝田さんが脳梗塞を起こして以後だそうで」

「どういうことかな？　どうしていつも顔を隠していた？」

「ひょっとしたら」と有紀が言った。「その女、ずっと滝田さんに殺意を抱いていたのでは？　班長が仰ったように、その女は金づるで、何らかの理由で滝田さんに強請《ゆす》られていたのかもしれません。だからこそ殺意を抱き、後々面倒なことにならないよう自分の顔を隠して滝田さんの部屋に行っていた。そしていい殺害方法を思いつき、アリバイ工作を仕掛けた」

「アリバイ工作って？」

元木が頭上に？マークを浮かべる。

「東條は、塩素ガス殺人自体がアリバイ工作の一環かもしれないと言ってるんだ」

長谷川が言い、元木が首を捻る。

理解できないようだから助け船を出すことにした。元木を見据える。

「滝田さんは眠らされ、眠りから覚めた時点で殺された。つまり、塩素ガスを発生させる仕掛けを終えた時点で犯人の目的は達成されたことになる。だったら次は何をする？」

考えるふうをしていた元木が、やっと手を叩いた。

「あっ！　死亡推定時刻のアリバイ作り。滝田さんは眠っているわけですから、目覚めるまでに好き放題に工作ができます」

「そう。その女は自分の顔が分からないようにしていたから恐ろしく用心深いはず。それなら、人を殺す時は更に用心を重ねたと考えるべき。万が一、自分に捜査の手が伸びてきても完璧なアリバイを用意しておけば何も怖くないとね。滝田さんの口座にしても、入金記録が残らないように現金で渡していたんじゃないかな？　滝田さんの携帯の通話記録だって削除したかも」

「なるほど——」

すると、内山が元木の肩を乱暴に叩いて「やっと分かったか」と偉そうに言った。

有紀は内山を睨んだ。

「あんたはどう？　分かってた？」

「あ、当たり前だろ」

「どうだか？」と返し、肩を持ち上げて茶化す素振りを付け加えた。

「何だと！」

「やめんか二人共」

　楢本が割って入った。

「でも楢さん」と元木が言う。「だったら、別居していた妻と娘も容疑者から外せませんよね。アリバイはいくらでも細工できるし、DVを受けていたなら滝田さんを恨んでいたでしょう。特に娘です。彼女の現在の年齢からすると、滝田さんと別居した時の年齢は十六歳。そして滝田さんが殺された時、彼女は二十一歳。少女から大人の女性になっていますから、謎の女を目撃したマンションの住民達が、滝田さんの娘だと気付かなかった可能性は大いにあります」

「やっとまともな疑問を持ったな。うん、七係の連中もその点を裁判所に主張した。だけど裁判所は、『推理の域を出ない』という理由で頑として勾留許可を出さなかったんだ。だから七係の連中は、その後もずっと娘を張っていたんだが、結局、決定的な証拠が摑めないまま捜査本部は解散。以後は事実上の迷宮《めいきゅう》入りである継続捜査となった」

「だけど」と長谷川が言った。「娘が犯人だとしたら、滝田さんに金を貢いでいた理由は何だ？　楢さん、もっと娘の情報が欲しいな」

「調べてみます」

「もう一つ疑問が」と尚も元木が言う。「滝田さんを睡眠薬で眠らせなくても、スタンガンで気絶させればよかったんじゃないでしょうか？　意識を奪う効果は睡眠薬と同じで手っ取り早いし」

「まだまだ思慮が浅い」と有紀が答えた。「スタンガンで気絶させたり殴打して気絶させた場合、いつ覚醒するか分からない。最悪、三十分とか一時間で覚醒してしまったらアリバイ工作はアウト。更に、攻撃されたことで滝田さんは慎重になるから、普段は気にならないトイレの洗剤臭に敏感になる可能性だってあった。だけど睡眠薬を使えば、量の調整である程度は覚醒時間を算出できるし、滝田さんは攻撃されたという認識がないからトイレの洗剤臭も気にしない。いつも言ってるように、物事は深く考えること」

「すみません――」

「誰が犯人であるにせよ、追い詰めるのは至難の業。何故なら、滝田さんが眠らされた時間が不明だから。死亡推定時刻のアリバイで追及できない以上、滝田さんが眠らされた時間を摑み、その時間の容疑者のアリバイを突き止めるしかない。事実上、不可能。知っているのは死んだ滝田さんと犯人だけなんだから」

「防犯カメラの映像はどうです？」またまた元木が言う。「滝田さんが無断欠勤した二日間の、マンションに出入りした人間を虱潰しに調べたら容疑者が浮上しませんか？　マスクとサングラスを着けた女は映っていなかったんでしょうか」

「映っていなかったとさ」と内山が答えた。「殺しの手口はよく考えられている。そんな頭のいい奴が、不用意にいつもの出で立ちで滝田さんの部屋に行くはずねぇだろ。下手したら男装したかもしれねぇんだぞ。ねぇ、楢さん」

「内山の言うとおりだ。四月の初めにマスクとサングラスをした女が映っていたが、以後の映像には一切登場していない。班長、問題は滝田さんの殺害が後藤さんの殺害とリンクしているかですね」

「ややこしいことになっちまったな。リンクしていなきゃいいんだが――」

内山が長谷川を見る。

「後藤さんの目撃者は？」

「まだ見つからん。信用金庫の夜間金庫前に設置されている防犯カメラに映った姿が最後で、そこからどこに行き、どこで拉致されたのか――。東條、お前の報告だ」

「はい」

滝田幸秀の自殺の詳細を伝え、曙酒造についても話した。

3

六月二十一日――

槙野が東京に戻ったのは正午前だった。心霊スポットの周辺にある宿泊施設を回って島崎智輝の写真を見せたものの、全て空振り。東京を出る前に危惧したとおり、何の収穫もないまま長野を後にした。

智輝はどこに行った？

今までにも困難な調査は山ほどあったが、今回ほど手がかりがない調査は初めてだ。このままでは本当にケツを割ることになりかねない。どこかにヒントがないものか――。

事務所に顔を出すと弁護士の高坂がいた。

「おう、先生。きてたのか」

「先日の報酬を受け取りに」

いつも思うが、調査に弁護士を使うと仕事が捗《はかど》る。高坂にしても、本業の弁護士業よりも金になるから探偵業の手伝いは有難いはずだ。

すると携帯が鳴った。菱川書店の江波悦子からだ。

「槙野です」

《月城先生のことでお電話を――》

有難い、情報提供だ。手ぶらで長野県から戻った身には何よりの電話だった。

「何か分かりました？」

《昨夜、某文学賞の受賞パーティーで小山田書房の編集者と会ったんですけど》

小山田書房といえば中堅の出版社だ。少年漫画雑誌なども出している。

《その時に、月城先生が行方不明になっていることを話したんです。そうしたら小山田書房の編集者が、『月城先生の新作のプロットを預かっている。まだ読んでいないけど』と教えてくれたんですよ》

島崎智輝は新作を出せていないから、大手は諦めて中堅出版社に作品を持ち込んだか？

《ひょっとして、その作品のプロットに月城先生に関する手がかりがあるんじゃないかと思ってお電話を》

それは大いに有り得る。吉報だ。

「その編集者さんのお名前と連絡先は？」

江波が名前と携帯番号を言い、槙野は彼女の声を復唱しながらメモに認めた。

「助かりました。早速、電話してみます」

《何か分かったら私にも教えていただけますか？　一応、月城先生の担当者でもありますし》

「はい。お電話します」

通話を終え、すぐに小山田書房の編集者に電話した。

相手はすぐに出てくれた。男性だ。

「私、鏡探偵事務所の槙野と申します。菱川書店の江波さんからそちらの携帯番号をお聞きしまして」

《ああ、江波さんが話していた探偵さんですね》

こっちのことまで知っているということは、江波はかなり詳しい話をしたようだ。

ざっと今までの経緯を話し、智輝が書いたプロットについて触れた。

「月城さんのプロット、読まれました？」

《ええ、江波さんの話を聞いて気になったものですから――。中々面白そうな作品で、もっと早くに読んでおけばよかったと思いましたよ》

「月城さんの行き先の手がかりになるような記述は？」

《どうかなぁ。舞台は東京ですけど――》

東京が舞台の作品なら長野県に行くはずがない。智輝の新作は今回の失踪とは無関係か。いや待て、結論を出すのはまだ早い。作品の内容を聞いてからだ。

「どういった作品です？」

《月城先生の許可がありませんから全体のプロットはお話しできませんが、催眠に纏わるオカルトストーリーでした》

催眠――。

ふと、智輝の部屋の大きな本棚が像を結んだ。あの本棚の中にそれに関する本があるかもしれない。もしあれば、その本によって事態が進展する可能性もある。今は手詰まりの状態だから、もう一度、あの部屋に行ってみることにした。

編集者との話を終えてクライアントに電話した。

「鏡探偵事務所の槙野です。もう一度、智輝さんのお部屋に入れてもらえませんか？　本棚を調べたいんです」

小山田書房の編集者の話を伝えると、クライアントはすんなりと承諾してくれた。

智輝の仕事部屋に入った槙野は、脇目も振らずに本棚の前に立った。あってくれよと祈りつつ、催眠に関する本を探す。クライアントも他の本棚を調べ始める。

そしてしばらくして、クライアントが「あっ」と小さな声を漏らした。

「どうしました？」

振り向いてクライアントを見る。

「これ――」

クライアントが一冊の本を指差し、槙野は移動してその本の背表紙を睨みつけた。『退行催眠療法』と書かれている。療法と書かれているから医学関係の本か？

本を引き抜いてみた。ソフトカバーで厚さは二センチほど、カバーには瞑想している裸の女性のイラストが描かれている。著者は渡瀬博子《わたせひろこ》という名前だ。カバーを開くと袖には著者の写真と紹介文があった。白衣を着たふくよかな中年女性で優しそうな印象。白衣が示すように職業は精神科の医師、博士号を持っている。更に、『渡瀬クリニック院長』の肩書きもあった。

思わず眉根が寄る。著者の出身地に目が釘付けになったのだ。長野県諏訪市の出身なのである。

目の前に光が射したような気がした。

智輝はこの著者に会いに行ったのではないだろうか？　だから長野県に行くとクライアントに言ったのではないだろうか？　まずは、この女性医師の連絡先を調べて話を聞こう。

「この本、お借りしても？」

「どうぞ」の声と頷きを確認した槙野は事務所に戻ることにした。

マンションの前でクライアントと別れ、車に戻って改めて本を読み返す。

出版社は『桃々社』と書かれているが、聞いたことのない出版社である。それよりも著者だ。渡瀬クリニックの院長をしているというから探し出すのは簡単そうだ。恐らくはホームページも開設しているだろうから検索してみることにした。

携帯に『渡瀬クリニック』と打ち込んで検索を開始すると、十数件ヒットした。その内の一つの所在地は長野県諏訪市である。「恐らくここだろう」と呟いてホームページを開くや、本に掲載されている顔写真と同じ写真が目に飛び込んできた。やはりここだった。

問題は渡瀬院長か。智輝が訪ねたとしても、すんなりと取材の内容を教えてくれるだろうか？　医師は守秘義務にうるさいと聞く。

当たって砕けろだ——。

クリニックの電話番号をメモに書き写し、携帯を通話モードにした。

応対に出たのは女性だった。声からすると若そうだ。看護師か。

「私、東京で探偵をしている槙野と申します」

《探偵さん？》

毎度のことだが、裏返った声が聞こえてきた。誰もが探偵と聞いて驚く。

「はい。渡瀬先生はおいででしょうか？」

《お待ち下さい》

いてくれた。

ややあって、「お待たせしました」の声が聞こえた。

「槙野と申します」

《探偵さんだそうですね。どういったご用件でしょう？》

「行方不明者を探しておりまして——。月城恭介さんという作家なんですが」

間髪を入れず、《月城さんが行方不明！》と驚きの声があった。

月城の本名を言う前にこのリアクション。智輝は作家として彼女に会ったということか。あるいは、彼女が月城のファンだから単に名前を知っていただけとも取れるが、それならもっと別の驚き方をするだろう。彼女は間違いなく智輝に会っている。

「月城さんが訪ねてこられたんですね」

《ええ――。でも、どうしてそのことをご存知なんです？》

「調査の過程で、月城さんが催眠に関する作品を書こうとしていた事実を摑みました。それで彼の部屋を調べたところ、先生のご著書を見つけて問い合わせたというわけです。月城さんとどんな話をされたか教えていただけませんか？　彼の行き先に繫がるヒントがあるかもしれません」

返事がない。守秘義務のことで迷っているのか？　ここは少々脅かした方が良さそうだ。

「一刻を争うんです。彼が事件に巻き込まれた可能性もありますから」

ややあって、《分かりました》の声が続いた。

《本来なら患者さんのことは守秘義務があってお話しできないんですけど、事件の可能性があるならそうも言っていられません》

患者？　智輝は取材に行ったのではなく診察を受けたのか？　まあいい、とりあえず礼を言わないといけない。

「ありがとうございます」

《ですが、複雑な事例なものですからお電話でというわけにはいきません。こちらまできていただけますか？》

「伺います。ご都合は？」

《二十五日の午前中なら》

「ご協力、感謝します」

通話を終えて改めて本を見た。ページを捲って目次を見る。

『第一章　隠れた記憶』

何だ、これ？　まあいい、後で読もう。

諏訪市に行くのは明後日。明日は空くから、上手くすれば滝田幸秀の婚約者だった国分秀美に会えるかもしれない。連絡先は北尾酒造で手に入れてある。早速、電話してみた。

スリーコールで女性が出た。

「国分秀美さんでしょうか？」

《そうですけど――》

訝し気な声だ。

「突然お電話して申しわけありません。私、高坂弁護士事務所で高坂先生の助手をしている槙野と申します。お姉さんの北尾さんから国分さんの連絡先を伺いまして――」

《ああ、姉から伺っております》

手間が省けた。気を回して話をしてくれたらしい。

「これはどうも。では、こちらの要件のことも？」

《男性を探しておられるそうですね》

「はい。あなたの婚約者だった滝田幸秀さんに縁の人物なんです。それであなたからもお話を伺えたらと」
《その方、お幾つですか？》
「十九歳です」
《そんなにお若いんですか――心当たりないですねぇ。それに、幸秀さんが亡くなって三十年以上経っていて、以後は幸秀さんのご親戚にも会っておりません。ですから、幸秀さんの縁の方かもしれないと言われても……》
彼女に会うだけ無駄か。だが、もしもということがある。
「その青年の写真だけでも見ていただけませんか？」
《申しわけありませんが多忙なもので。失礼します》
取り付く島もなく、短い発信音が聞こえてきた。国分秀美に会う時は同席してくれと高坂に頼んでおいたが、それはキャンセルだ。
電話すると今日もワンコールで出た。
「先生、例の国分秀美と話をしたんだが――。会ってくれないとさ」
まず溜息が聞こえた。あてにしていたようだ。
《仕方ありませんね》
「また仕事回すから」

4

六月二十二日　午前――

東條有紀が訊き込みをしていると長谷川から電話があった。たった今、新たな逆さ吊り死体が発見されたと係長から電話があったという。

「またですか！」

《今度も殺し方が尋常じゃない》

後藤の死体が目に浮かぶ。

「では、凶器は釘付きの棒？」

《いや、ドラム缶だ》

「ドラム缶？」

逆さに吊られているというからコンクリート詰めではないようだが――

《現場に急行しろ、高尾山近くの雑木林だ。住所を言うぞ》

手帳を出し、長谷川の声を復唱しながら住所を書き留めた。

相棒の里田に事情を話し、警察車両に戻って高尾山を目指した。長谷川はドラム缶が凶器だと言っていたが、どんな方法で殺された？

警察車両が群がる空き地で車を降りた途端、若い制服警官が駆けてきた。身分確認だろう。

質問される前に氏名と所属先を告げると、制服警官が敬礼した。

「ご苦労様です」

制服警官の案内で現場に足を運んだ。

「第一発見者は？」

「地元のハンターです。猪を追っていて遺体を発見したと」

前回は山中で今回は雑木林の中、犯人はそういった場所に慣れているのか。

「遺体の状態は？」

里田が質問すると制服警官が立ち止まり、振り返って顔をしかめた。

「酷いもんですよ。以前、刺殺体を見たことがありますが、桁違いに惨いレベルで」

そんな遺体は飽きるほど見てきたが、ドラム缶でどうやって殺した？

「まいったな」と里田が言う。「腐乱は？」

「していません。臭いは多少しますけど」

里田が息を吐いたようだった。安堵の溜息か。

泥道を進むうちに人の声が聞こえてきた。鑑識と所轄の連中だろう。

辿り着いたそこには、逆さ吊りの死体を囲む警察職員達の姿があった。死体は枯れかけた松の枝から吊るされており、瞬く間に、隣にいる里田が口を押さえて顔を背ける。

彼の反応は無理からぬことだと思う。見ようによっては後藤の死体よりも酷い状態だと言えるのだ。

色が赤く、まるで水死体のようにパンパンに膨れ上がっている。だが、血によって赤く染まっているのではなかった。出血は一切なし。そしてようやく、『ドラム缶が凶器』の意味を理解した。死体の真下にドラム缶があり、それは石組の上に置かれている。加えて、石組の中には夥しい灰と燃え残った枝があった。

有紀は警察関係者達に身分を告げ、改めて膨れ上がった赤い死体を見た。

これは、火傷――。

当然、顔の判別は不可能で、腹部の皮は大きく剝けて肩の位置まで垂れ下がっている。男性器が確認でき、両腕は後ろ手にされて手首が細い紐で縛られていた。

死体を吊るしているロープに目を転じると、二つの滑車を経由して枝に結ばれている。ドラム缶の中には大量の水。

つまり犯人は、ドラム缶で湯を沸かして死体の主を漬けたのだ。

茹《ゆ》で殺し――。

滑車が二つあるから死体を持ち上げる力は四分の一で済む。これなら何度も熱湯に漬けてじわじわと殺すこともできただろう。後藤同様、この被害者も犯人からかなり恨まれていたとみるべきか。

「酷いもんでしょう」と年配の捜査員が言う。「犯人はどういう神経してんだか？」

どうもこうもない、イカれているのだ。

「遺留品は？」

「車の轍と足跡だけです」

ドラム缶を運ぶために車を使ったようだが、ここまでの道は狭かったから普通車では無理。軽トラック、それも四駆か。
「足跡の数は？」

「一つです」

「一つだけ？」

「はい。轍は松の木の近くまであって、そこから松の木の真下まで何かを引きずったような跡が残っています。距離は五メートル余り。ああ、ドラム缶を転がしたと見られる跡も」

被害者を車から降ろして引きずったか。

「この近くに川は」

「ありませんが、湧き水なら」

そこの水をドラム缶に溜めたようだが、この手口からすると、後藤を殺した連中がやったに違いない。しかし、どうして今回は足跡が一つだけなのか？

「足跡から推定した靴のサイズは？」

「鑑識は二六センチだろうと言っています」

では、後藤の殺害現場に足跡を残した、二八センチサイズの靴を履いた男はいなかったことになる。

そこへ内山が駆けつけてきて、遺体を見るなり開口一番、「どうして俺達は、こんな事件ばっか担当する羽目になるんだ？」とぼやいた。「たまには普通の殺人事件を担当させてくれよ」

「下らないこと言ってる暇があったら、犯人の手がかりでも見つければ」

「うるせぇ！　お前に言われなくたって分かってらぁ。そんなことより犯人だ。茹で殺しなんて初めてだぜ。前回の手口といい今回の手口といい、マルガイ達に相当な恨みを持ってるんじゃねぇか？」

「うん」

珍しく意見が合った。

それからメンバー達が次々に駆けつけ、有紀は今回も解剖に立ち会うことになった。


Ｋ医大法医学教室の教授は、遺体を見るなり大きな溜息を吐き出した。

「東條君。君が運び込む遺体は、どうしていつもこう酷い有様なのかね？」

「単なる巡り合わせかと――」

「とすると、君は相当に運が悪いということになるな。同情するよ」

遺体が発見された時の状況を話すと、教授が遺体を舐めるように観察した。

まず身長が測られた。一八二センチだ。

「体重は？」と教授が問う。

助手が腰をかがめ、解剖台の体重メーターを見た。

「八一キロちょうどです」

教授が各所の触診に移る。

「左側頭部に打撲痕あり。しかし割創にはなっていないから鈍器、それも表面が固くない物で殴られたようだ」

真っ先に浮かんだのはブラックジャックだった。カジノの用心棒などが使い、靴下や革袋にパチンコ玉やベアリングなどを入れ、遠心力を利用して対象物に打ち当てるのである。破壊力は抜群で、一撃で相手を死に至らしめることもできる。だが、それだと出血を伴うことがあるだろうから、中身を砂鉄か何かに変えたか？　ひょっとしたら、スタンガンで自由を奪ってから打撃を加えた可能性もある。この火傷だから、電流痕が消え去ってしまったのかもしれない。いずれにしても、犯人は被害者を茹で殺しにするつもりだったのだから、凶器を使ったのは拉致するための手段だろう。

「擦過傷らしきものが数か所と、他には手足が縛られた痕だけか――。メス」

助手が教授にメスを手渡し、遺体の腹部にそれが走る。

教授が傷口を凝視した。

「筋組織まで熱が浸透している。かなり長く熱湯に漬けたか、あるいは、時間は短くても何度も熱湯に漬けたか――」

「被害者を吊るしたロープは二つの滑車を経由して枝に結ばれていました」

「となると、この被害者の体重の四分の一の重量。つまり、約二〇キロを引っ張る力があれば十分ということか。その程度の重量なら何度も被害者を上下させられるな。やはり、複数回熱湯に漬けたか？」

「無茶苦茶しますね。石川五右衛門の釜茹でじゃあるまいし」と助手が言う。

後藤の殺害現場に残っていたのは二八センチサイズと二六センチサイズの靴の足跡だった。そして今回の足跡は二六センチサイズの靴のみ。

ひょっとして？　の思いが浮かび、「教授。被害者の足のサイズは？」と尋ねた。

助手が測る。

「二七・五センチってとこですね」

靴のサイズなら二八センチだろう。そして今回の現場には足跡が一つだけ。まさか、この被害者が後藤の殺害現場に？　もしそうなら、仲間割れを起こした？

解剖が終わり、死因は火傷と断定された。病理検査でも毒薬物の反応はなし。推定年齢に関しては、今回も後で知らせるとのことだ。この火傷だから即断は難しいのだろう。

「教授。歯形照合用のレントゲンをお願いできますか」

「分かった。撮れたら君のPCにデータを送る」

長谷川に解剖結果を報告すると、楢本の報告を教えられた。
《滝田康夫の義理の娘だが、塩素ガス殺人が起きた三ヵ月後に結婚したそうだ。結婚式はナシで入籍だけだったらしいが》
「たったの三ヵ月後？」
《ああ。滝田さんとは長く別居していたし、彼からDVも受けていたというから喪に服する気になれなかったんだろう》
「それにしたって早すぎませんか？」楢本の報告を聞くまでは連続逆さ吊り殺人と塩素ガス殺人がリンクしている可能性があると考えていたが——。「結婚式を挙げるのと違い、入籍だけならいつでもできます。DVによる恨みがあったにせよ、一度は父となって育ててくれた人物なんですから入籍を延ばすぐらいの配慮があって然るべきかと——。まさか」

《何だ？》
「滝田さん殺害の容疑者は金づるにされていた可能性があります。つまり、滝田さんに弱みを握られていた。そして滝田さんも身体のことがあって経済的に切羽詰まっていましたから、本来なら人として強請《ゆすり》のネタに使ってはいけないものを敢えて使ったのではないでしょうか？」
《そのネタって？》
「滝田さんと娘に血の繋がりはありません」
《男女の関係？　性的なDVがあったと言うんだな》
「そう思えてなりません。滝田さんはそれをネタに義理の娘を強請り、娘は結婚を考えていた恋人に知られたくなくて滝田さんの言いなりになっていた。ひょっとしたら、警察のマークが外れたと確信して入籍したのかも」
《有り得ないこともないな。だとすると、塩素ガス殺人と連続逆さ吊り殺人はリンクしていないってことになるか》
「はい。滝田さんが殺されたのは二年も前で、連続逆さ吊り殺人が起きたのはつい最近。時間のギャップが大き過ぎますし、殺しの手口を変えた整合性も不明です。もしも滝田さんが一連の事態に絡んでいて、私が連続逆さ吊り殺人の犯人なら、一人暮らしの上に身体も不自由な滝田さんを真っ先に狙うでしょうし、逆さ吊りにして殺します」
《分かった。お前の意見は皆に伝えておく》

5

帰宅途中で携帯が鳴り、槙野は車を路肩に止めた。鏡からで、第一声は「ニュース聞いたか？」だった。

「いいえ」ＣＤを聞いていてラジオは点けていない。「何かあったんですか？」

《例の逆さ吊り殺人だ。また被害者が出た》

「え⁉」

《今回の被害者も男性で身元確認ができていないそうだ。発見現場は高尾山近くの雑木林》

瞬く間にクライントの顔が浮かんだ。留浦と高尾山ならそれほど離れてはいない、息子ではないかとまた心配しているのではないだろうか。

《クライアント、スーパーの経営者が殺された時も心配してお前に電話かけてきたんだろ？　今度もかけてくるかもしれないな》

「ええ――。ネットで事件の検索をしてみます」

通話を終えてインターネットに接続し、ニュースのトピックを見た。出ている、『また逆さ吊り殺人』と。記事を読んで眉根が寄る。

今度は茹で殺しかよ。酷ぇことしやがるな――。

被害者の身元は不明、大柄で足のサイズは二七・五。島崎智輝も身長一八〇センチで大柄だ。

クライントに確認した方がいいと判断し、通話モードにして彼女を呼び出した。

《島崎です。何か分かりましたか？》

この口ぶりからすると事件のことを知らないのか？　あるいは、被害者が智輝ではないと確信しているのか？

「お電話したのは、逆さ吊り殺人の新たな被害者のことで」

《ああ、あのことですか――。実を言うと、一瞬、智輝じゃないかと思ったんです。でも、被害者の特徴が智輝と違っていて》

「特徴？」

《足のサイズです。智輝の靴はどれも二六センチですから》

それなら被害者は別人だ。

「そうですか――。ああ、今、諏訪市に向かっているところなんです。息子さんの部屋で見つけた本の著者に会おうと思いまして」

《進展があればいいんですけど……》

「ええ――。失礼します」

＊＊＊

六月二十四日――

槙野が諏訪市に着いたのは午後は午後八過ぎだった。渡瀬医師と会うのは明日の午前中だが、想定外の事態が起こる可能性を考慮して前日入りしたのである。予約したホテルにチェックインし、晩飯がてら一杯やることにした。

ちょうどホテルの向かいに居酒屋があり、そこに入って生ビールとツマミを頼み、渡瀬医師の本をショルダーバッグから出した。バタバタしていてまだ目次しか把握していないが、この程度の厚さの本なら三、四時間もあれば読めるだろう。

運ばれてきたジョッキを半分空け、おもむろにページを開く。

『はじめに――

退行催眠療法とは、重度の精神的疾患を持つ患者に施される催眠療法で、過去のトラウマを思い出させることによってトラウマの縛りを解き、劇的に症状を改善させることができる療法である。これに対し、前世療法とは、暗示により被験者の記憶を誕生前まで退行誘導して治療を行う催眠療法で、アメリカの精神科医ブライアン・L・ワイス博士によって偶然発見された』

前世？

そんなことが書いてある本なのか、只の催眠に関する本だと思い込んでいたが――。

続きを読む。

『私が行った退行催眠療法は現在までに百数十例を数えるまでになっているが、その中にも理解し難い症例が幾つかあった。つまり、私もブライアン博士と同じ経験を持つということだ。

前世の概念はヒンドゥー教でいう輪廻転生に起因し、西洋ではリインカネーションとも呼ばれるが、表現は色々とある。私も医学者の端くれであり、当初は前世の概念を否定していた。しかし、この数例は私に転機を齎《もたら》した。故に、この書を記した次第である』

何だか嫌な予感がしてきた。またぞろ、オカルト事件に巻き込まれるのではないだろうか？　というより、もうどっぷりと調査をしているから既に巻き込まれているかもしれない。心なしか背筋が寒い気がする。

気を取り直してページを捲った。

まず最初に書かれていたのは、チベット仏教の最高指導者であるダライ・ラマのことだった。

ダライ・ラマの臨終後、弟子達は直ちに生まれ変わりの子供を探すという。そのためのネットワークはチベット全土に張り巡らされているそうで、各地の子供の情報を得た弟子達が一軒一軒の家を回り、前世について子供達に質問するらしい。そして必ず、前ダライ・ラマの記憶を持った子供が見つかるというのだ。つまり、代々のダライ・ラマは単一の魂で、肉体のみを変えながら存在してきたことになる。

ダライ・ラマが不在の間はチベット仏教のナンバーツーであるパンチェン・ラマが代理の指導者となり、パンチェン・ラマもまた、ダライ・ラマ同様に単一の魂で転生を繰り返すという。つまり、交互にチベット仏教を率いるということだ。しかし、ダライ・ラマもパンチェン・ラマも生涯独身だそうだから、自分の子孫に転生することはないとも書かれている。

読み進むうちに、転生の度に殺されるAという人物の話があった。しかも、殺した相手も転生の度にAを殺しているという。それを因縁と言うそうで、原因は分からないと渡瀬医師は綴っている。それとは逆に、転生の度に同じ相手と結婚する例もあるそうで、男性女性が入れ替わりながら夫になったり妻になったりするらしい。

まあ、にわかには信じられない話だが、興味を引く本であることは確かだ。妻の麻子も興味があったようで、朝起きたら『あんたが寝てる間に読んじゃった』と話していた。

ビールのお代わりを三度重ねるうち、ページも進んでいった。原因不明の病気や降りかかる災難の原因も前世に起因していることが多いと書いてある。原因があるから結果があるのは当たり前だが、「馬鹿馬鹿しい」の声が口を衝いて出た。

この本を読んだことでインスピレーションが湧き、島崎智輝は作品を小山田書房に持ち込んだのかもしれない。

問題は渡瀬医師の証言だ。島崎智輝を患者と言ったのである。彼に催眠治療を施したのでは？　その結果、智輝の精神に何らかの影響が出て失踪したとは考えられないか？

改めて本のカバーを見つめた。

第三章

1

六月二十五日　午前八時――

官舎を出た東條有紀は最寄り駅に足を向けた。

第二の現場に残されていた足跡と、後藤の殺害現場の足跡が一致したという知らせを受けたのは昨夜遅くのことで、これで同一犯による連続殺人の線が確定的になった。しかし、第二の現場の足跡は一つだけ。二人目の被害者が後藤の殺害現場にいた男なのか？　それとも、二八センチサイズの靴を履く男は第二の殺人に手を貸さなかったのか？

後者だとしたら、犯人達の目的は何だ？　あれだけ大っぴらに死体を放置しているのだから、被害者達と自分達との接点は見つけられないと考えているのは間違いなさそうだが――。

駅舎が見えた直後に携帯が鳴った。長谷川からで、ＤＮＡ鑑定で二人目の被害者の身元が割れたという。

「前科が？」

《ああ。十五年前に強盗傷害事件を起こして五年間服役していた。名前は綿貫一郎《わたぬきいちろう》、五十六歳》

あの死体の主が強盗傷害犯だったとは――。

《住所は東京都葛飾区柴又で、数日前から行方不明になっていた。結婚はしていないが同居の女性がいて、その女性が捜索願を出していたんだ》
「職業は？」
《長距離トラックの運転手だったらしい。お前は綿貫の遺体が保管されているK医大法医学教室に行け。同居女性が綿貫の遺体を引き取りにくる》
その女性から話を訊けということだ。
教えられた女性の名前を書き留め、K医大に向かった。

遺体安置室の前まで行くと、ベンチには項垂れた中年女性が座っていた。ジーンズにトレーナーといった出で立ちだ。グラマーで顔の作りもバタ臭く、水商売といった印象だった。

こっちの身分を告げると、彼女の方から姓名を名乗った。綿貫の同居女性だ。

「ご遺体を確認していただく前に幾つか質問が——綿貫さんが刑務所に収監されていたことはご存知ですか？」

言った途端、彼女が目を瞬かせた。

「刑務所？」

どうやら知らなかったらしい。綿貫は素性を偽っていたということだ。強盗傷害事件を起こした元受刑者、それを知られたら彼女に去られると危惧したからか。

「一郎さん、何をしたんですか？」

「強盗傷害を――。刑務所には五年間収監されていました」

彼女が肩を落とす。

「そんな……。隠さなくてもよかったのに――」

怒るどころか、綿貫を気遣っている。過去は過去と割り切れる女性のようだ。綿貫にしても、彼女を大切にしていたのだろう。だからこその、彼女のこの言葉か。

「綿貫さんの最近の様子は?」

「変わったことはありませんでした。連絡が取れなくなった日も、いつものように明るく仕事に出かけて行きましたし」

「じゃあ、トラブルを抱えていたような様子はなかったんですね」

「ええ――」

本当に平穏に暮らしていたのか、そう装っていただけなのか。

「後藤という人物をご存知ありませんか? 奥多摩の山中で発見された男性なんですけど」

「奥多摩? まさか、あの殺人事件の⁉」

「はい」

女性が何度も首を横に振る。

「知りません。一郎さんも、後藤という名前は一度も口にしませんでした」

どちらも同じ手口で無残に殺されたのだ。きっと接点があったはずだが――。

「綿貫さんに異変があったと気付かれたのは?」

「三日前の昼です。一郎さんが勤めている会社から電話があって、『まだ来ていないが体調でも悪いのか』と」

「六月二十二日ですね？　綿貫さんはいつものように家を出たんですか？」

「いいえ、前日の夜から帰っていなかったんです。一郎さん、たまに連絡もしないで家を空けることがありましたから、その時も大して気にしなかったんですけど」

となると、六月二十一日の夜以降に拉致されたと見るべきか。

「綿貫さんの会社はどこに？」

「北区です。ＪＲ赤羽駅から歩いて五分ほどかしら」

そこでも事情聴取だ。

「綿貫さんのご家族は？」

「いません。ご両親もご兄弟も亡くなったと聞いています」

綿貫は受刑者であることを隠していた。彼女を家族に会わせるとそれがバレると考えた可能性もある。戸籍をチェックすることにした。

「後日、綿貫さんの所持品等を見せていただけませんか？　犯人に繋がる手がかりがあるかもしれません」

「分かりました」

女性から教えられた携帯番号を手帳に認めた有紀は、「では、ご遺体を。かなり酷い状態ですので」と告げた。

「覚悟はしています」

職員に綿貫の遺体を出してくれるように頼み、スチール製のドアを押し開いた。彼女を先に中に入れて有紀も続き、後ろ手でドアを閉める。

すぐに職員がやってきて、綿貫の遺体を冷蔵庫から出してストレッチャーに乗せた。

「一郎さん！」

案の定、彼女が遺体袋に縋る。

「何があったのよ！」

「あとはやります」と職員に告げた有紀は、二人きりになったところで遺体袋のジッパーを下ろした。

膨れ上がった赤い顔が露になる。

覚悟はしていると言っていたが、さすがにこの遺体を直視するのはきつかったようだ。彼女は目を背け、以後、二度と遺体を見ることはなかった。

「ご遺体、引き取られますよね」

「もちろんです。お葬式を出してあげないと」

「では、手続きしてきます」

遺体の引き渡し手続きを終えてＫ医大を後にした有紀は、綿貫が勤めていた運送会社に足を向けた。

里田とはＪＲ赤羽駅の改札で落ち合うことになっている。

2

槙野が渡瀬クリニックに着いたのは午前十時過ぎだった。ガラスドアには『午前中休診』のプレートがぶら下がっているが、施錠はされていなかった。

玄関は畳一枚ほどの広さで、正面に待合室と書かれた引き戸がある。左側には大きな下駄箱が備え付けてあった。

「ごめん下さい！」

すぐに「お待ち下さい」と女性の返事があり、引き戸がスライドした。若い女性看護師が顔を出す。

「槙野さんですか？」

「はい」

「どうぞお入りください」

緑色のスリッパを履いて奥に入ると、六畳ほどの誰もいない待合室があった。右側に無人の受付カウンターがある。

「そちらのドアからお入り下さい」

看護師が、向かって左側にあるドアに目を向けた。『診察室』と書かれている。

「失礼します」と声をかけてそのドアを開けた。

中はどこにでもある診察室といった佇まいだった。デスク、ベッド、患者用の丸椅子等々。

すると、本の写真の女性が白いカーテンの奥から出てきて「渡瀬です」と名乗った。

「初めまして、槙野です。お時間を取っていただいてありがとうございます」

「いいえ。どうぞお掛け下さい」

促されるまま丸椅子に腰掛けたが、相手が医師だから診察を受けるような気分だ。それよりも本を見せないといけない。ショルダーバッグから出して渡瀬医師に見せた。

「ご著書、拝読しました」

渡瀬医師の口元が緩んだ。自分の本を買ってくれたという感謝の思いが伝わってくるようだ。実は借りているのだが——。

「どうもありがとうございます」

「大変興味深い内容でした」

馬鹿馬鹿しいと思う記述も多々あったが、事情を聞かせてもらうのだから少々ヨイショした。

渡瀬医師の表情が引き締まる。

「ところで、月城さんはいつから行方不明なんですか?」

「二ヵ月ほど前から。母親が当社に捜索依頼をされまして——」

「じゃあ、退行催眠を受けてすぐね」

渡瀬医師が独り言のように言う。

やはり療法を受けたのだ。しかも退行催眠を。

「では、月城さんは取材にこられたんじゃないんですね」

「最初は取材だったんですよ。『自分は前世を信じている。だから、退行催眠のことや前世に関する症例について聞かせて欲しい』と仰って。でも、話をするうちに自分も退行催眠を受けてみたいと言い出されたものですから」

退行催眠中に何かがあり、それで島崎智輝は行方を晦ませたのかもしれない。

「月城さんは催眠にかかったんですか？」

「ええ、すぐに——。猜疑心があると中々上手くいかないんですけど、月城さんは前世を信じていらっしゃいましたから」

「そして前世を思い出した？」

「はっきりと」

にわかには信じられないが——。

「過去世を思い出すパターンは三つあります。一つは、幼少時代から前世の臨終直前までを遡って行くパターン。二つ目は、前世の幼少期から臨終までを思い出す逆のパターン。三つ目は、ランダムに脈絡なく思い出すパターン。月城さんは三番目のパターンで、退行催眠を四回受けましたよ」

「四回もここにきたんですか！」

「はい。連日」

ということは、前世の記憶を完全に思い出すまで退行催眠を受け続けたのか？　そして失踪したということは——。島崎智輝は前世でどんな経験をした？　その経験が彼を衝き動かした？

しかし——。

「先生、前世とか転生とかって本当にあるんですか？」

「あります」と渡瀬医師が言い切った。「その本にも書きましたけど、ダライ・ラマが顕著な例です」

「生まれ変わりの子はダライ・ラマとは縁のない家に生まれるんですよね」

「ええ。ダライ・ラマは生涯独身ですから子孫は存在しません。でも、それは特殊な例で、同じ家系に生まれ変わることはよくあることなんです。たとえば、ある人物が自分の孫とか曾孫に生まれ変わることとか――。そうそう、その本には書いていませんけど、一つ、面白い事例があります」

渡瀬医師に顔を寄せた。

「退行催眠で前世の記憶を思い出した人は、当時関わった人間が自分と同じ時代に生まれ変わっていた場合、その人物が前世で関わった人間だと分かるらしいんです」

「どうしてそんなことが分かるんですか？　顔だって変わっているでしょう。それどころか、性別だって変わっているかもしれませんよ」

「さあ、それは私にも分かりません。強いて言うなら、魂で感じるとでも説明するしかないですね。不思議なことですよ」

不思議を通り越している。だが、まだ信じる気にはなれない。

「それで、月城さんの前世は？」

「江戸時代から続く造り酒屋の当主だったそうで、三十一年前に亡くなったと話しました」

滝田幸秀が死んだ年ではないか――。しかも、造り酒屋の当主だったことまで話している。

渡瀬医師がカルテらしきものを開いた。

「当時の名前は滝田幸秀、滝壺の滝に田んぼの田、幸せに秀才の秀と書きます。滝田さんは二十六歳で亡くなったそうですよ」

智輝が滝田幸秀のことを知っていたことは間違いないが、どうやってそれを知り得た？　クライアントは鏡から滝田幸秀に関する報告書受け取っている。それを智輝が読んだとしたら？　そして催眠の影響で自分が滝田幸秀の生まれ変りだと思い込んだとしたら？　だが、それだけで自分が滝田幸秀の生まれ変わりだと結論するだろうか？

クライアントの顔が像を結ぶ。

九年前に智輝に何があった？　何らかの異変があったからこそ、鏡探偵事務所を訪ねて滝田幸秀のことを知らべさせたに違いないが――。では、何からかの異変とは？

「月城さんは十九歳です。前世の死から十二年後に転生したってことですか？」

「そうなりますね。余談ですけど、死後間もなくして転生するのは珍しくて、多くは、死後数十年から三百年のサイクルで転生します」

「じゃあ、死んでから転生するまで、魂はどこにいるんです？」

「霊界です」

「あの世というやつですか？」

「はい」

幽霊の存在を確信した自分には信じられるが、死んだら無に帰すと信じている者にとって、彼女の話は与太話にしか聞こえないだろう。

「話を戻します。滝田さんの死因は？」

「それが――」

渡瀬医師が小首を傾《かし》げた。

「月城さんが思い出さなかったんですか？」

「いいえ。思い出したことは間違いないと思うんですけど、本当かどうか……」

「嘘を言った？」

渡瀬医師の眉根が寄る。

「多分――。催眠中に死因を尋ねたら急に息が荒くなったものですから覚醒させたんです。そして死の間際に何があったのかと尋ね直すと、事故だと答えました。でも、どこか態度が変というか――」

「どんなふうに？」

「怒っているような感じでした。それでもう一度、本当に事故だったのかと尋ねたんです。そうしたら、急に『帰る』と言い出して診察室を出て行ってしまいました。それっきり、月城さんはこなくなってしまったんです」

怒っていた――。

滝田幸秀の自殺には疑問点が多い。本当のことを言いたくなかったから事故だと嘘を言ったのではないのか？

「先生。もしも月城さんが現われたら、ご一報下さいませんか？」

「分かりました」

辞去した槙野は車に戻った。信じがたい証言だったが、智輝が渡瀬医師に話したことは全て事実。

だが、鏡の調査報告書を智輝が読んだ可能性もゼロではない。クライアントに確認だ。

呼び出し音を数回聞くと、クライアントが出た。

「鏡探偵事務所の槙野です。つかぬことをお伺いしますが、九年前に鏡があなたに提出した報告書、今もお持ちですか？」

《いいえ。読んですぐに捨てましたけど》

捨てた――。

「息子さんが読んだということは？」

《有り得ません。あの時、息子は泊まりがけで私の実家に行っておりましたから》

となると、智輝が前世の記憶を取り戻したとしか考えられない。本当に滝田幸秀が智輝か、背筋が冷たくなっていく。

まさか、こんな展開になるとは――。

《あのぅ、何か分かったんですか？》

渡瀬医師の証言についてはまだ伏せておくことにした。それを話すのはクライアントが何を隠しているか突き止めてからだ。「いいえ」と答えて通話を終えた。

気になるのは智輝の証言だ。前世は事故で死んだと話したそうだが、渡瀬医師は本当かどうか怪しいと言う。そして前世の記憶を取り戻した矢先の失踪――。前世の本当の死因が失踪の原因ではないのか？


自宅に帰ったのは午後六時過ぎ、夕食は八宝菜だった。

お代わりを平らげたところで、麻子が「ねぇ、月城さんの手がかりは摑めた？」と尋ねてきた。

「ダメだった。それどころか、おかしな話を聞いちまった」

「何よ、それ？」

ざっと話すと、麻子が「ふ〜ん、前世の記憶を取り戻したのかぁ」と言った。

「あの本を読んだ時は妄想の類かと思ったけどな」

「私は信じたわよ。だって、夢があるというか」

「前世の記憶を思い出したらどうする？」

麻子が宙に視線を漂わせる。

「どうするかしら？　何もしないと思うけど——。でも」

「でも——何だよ」

「私があんたよりも先に死んで、生まれ変わった時代と今にそれほどの隔たりがないのであれば——」

槙野は、缶ビールを持ったまま麻子に顔を近づけた。

「あれば？」

「あんたの様子を見に行く。ちゃんと生活してるかな？　ちゃんとご飯食べてるかな？　って心配すると思うから」

「嬉しいね。死んでからも心配してくれるなんて」

「あんたはどう？　前世の記憶を持ったまま生まれ変わったら？」

「そうだなぁ」腕組みして考えた。「お前と一緒かな」

「やっぱ心配？」

「当然だろ」

「ありがと」

麻子が微笑み、冷蔵庫から缶ビールを出した。

「誰だってそうじゃねぇか？　遺してきた家族や恋人のことを真っ先に考えると思うぜ」

そこまで言ったところで、島崎智輝の顔が浮かんだ。前世を滝田幸秀として生きたのなら、きっと智輝も同じではないだろうか？　一人残した婚約者のことが真っ先に頭に浮かんだのではないだろうか？　ではどうする？

麻子は言った。『様子を見に行く』と。

まさか――。

智輝も国分秀美の様子を見に行ったのではないだろうか？　では、その後は――。未だに行方が分からないということは、国分秀美の家に？　国分秀美に会って『自分は滝田幸秀の生まれ変わりだ』と告白したとしたら？　その告白を国分秀美が信じたとしたら？　普通では信じられないことであっても、自分と滝田幸秀しか知らないことを、突然現われた青年が次々と話し始めたら誰だって『もしや』と思うのではないだろうか？　更に、二人にとって決定的な思い出話でも飛び出せば、『間違いなく滝田幸秀の生まれ変わりだ』と確信するのではないだろうか？　そして国分秀美に、智輝を知っていると言えない事情があるとしたら？

現時点で智輝に関する手がかりは全くなし。ダメ元で国分秀美を張れば智輝が現われることがあるかもしれない。
「どうしたの？　急に怖い顔して」
麻子の声で現実に立ち返った槙野は、「何でもない」と答えた。それから携帯を持ってリビングに移動し、鏡に電話した。
鏡は出なかったが、数分して向こうから電話してきた。
《対象者の尾行中で出られなかった。どうした？》
「滝田幸秀の婚約者だった女性のことです。しばらく張らせてくれませんか？」
《国分秀美だったな。だけど、どうして彼女を張る？》
まず、渡瀬医師の話を伝え、それからさっき組み立てた推理を話した。
《う～ん。にわかには信じられん話だがなぁ》
「でも、島崎智輝の証言は全部事実ですよ」
《そうだよなぁ。医者が言ってるんだから、あながち絵空事とは言い切れんか――》
「ええ。智輝の手がかりも摑めていませんし、やらせてください」
《いいだろう》
「先生も使っていいですか？」
長期の張り込みになるかもしれず、一人でやり切るのはきつい。それに高坂は、神秘現象とかオカルトといった話に目がないから、思いもしなかった視点から調査に助言を与えてくれる可能性もある。
《使ってやれ》

「ありがとうございます！」
通話を終えて、早速、高坂に電話した。
例の如く、ワンコールで高坂が出る。
「おう、先生。仕事だ」
《助かります！　それで、仕事の内容は？》
「張り込みだ。だけど、対象者二人が普通じゃねぇ」
《訳ありの人物達？》
「そんな生易しいもんじゃねぇよ。三十一年前に死んだ十九歳の青年と、その青年の恋人だ」
《はあ？》
分厚い眼鏡の奥の目を瞬かせる高坂が見えるようだ。
「つまり、輪廻転生してきたかもしれねぇ男と、遥かに年上になっている恋人ってことだよ」
《輪廻――。リインカネーション！》
途端に声が弾む。やっぱりオカルト好きは治っていない。
「そういうこと。島崎智輝と国分秀美だ」
《何ですって！》
「尤も、俺の推理が当たっていればの話だけどな」
《そうですか、そうですか。いやぁ、楽しみだなぁ》
「長丁場になるかもしれねぇから覚悟しといてくれよ」

《ご心配なく。長丁場は願ったり叶ったりですから》
それだけ日当が増える。
《ねぇ、槙野さん。僕は今まで、間違った考えをしていたようです》
「何のことだ？」
《槙野さんと組んで仕事をすると、いつもオカルトめいた現象に巻き込まれるでしょう。だから、槙野さんがそういった現象を呼び寄せる体質だと思っていたんですよ。でも、今の話を聞いて、そういった現象を呼び寄せる根本原因は鏡さんにこそあるんだと分かりました》
「そうかもな。じゃあ明日の朝、事務所にきてくれ」
話を終えてキッチンに戻ると、しばらくして携帯が鳴った。高崎の北尾酒造の立石からだ。情報提供であれば有難い。
「槙野です。先日はありがとうございました」
《いえいえ。高坂先生にお電話したんですけど、出られないもので槙野さんに》
風呂にでも入っているのだろう。
《ニュースをご覧になられましたか？》
「ニュース？」
《はい。世間を騒がせている逆さ吊り殺人のことです。二人目の犠牲者が出たでしょう？》
「ええ。それが何か？」
《身元が判明したと報道があって、顔写真も出ていました》

「そうなんですか」知らなかった。「でも、どうしてわざわざお電話を？」
《知っている男なんです》
「えっ！」
《曙酒造で働いていた男なんですよ》
また曙酒造絡み？
《あなた方が探している青年と関係があるかもしれないと思ったものですからお電話を》
「間違いありませんか？」
《あの顔は間違いありません。三十年以上も経っていますが、若い頃の面影がはっきりと残っていますし、名前も綿貫一郎で同じです》
「どんな人物でした？」
《ギャンブル好きでいい加減な男でした。サラ金から、しょっちゅう催促の電話がかかってきたと聞いています》
ギャンブルにサラ金か――。絵に描いたような組み合わせではないか。かつての自分を思い出す。
「わざわざ知らせていただいてありがとうございます」
通話を終えると東條の顔が浮かんだ。知らせておくべきだ。

3

東條有紀は綿貫の自宅近くで訊き込みをしていた。
あれから綿貫が勤務していた赤羽の運送会社に行って素行などを訊いたが、至極真面目に働いていたようで、上司も同僚も綿貫のことを悪く言う者はいなかった。綿貫なりに、真面目に働いて小さな幸せを維持したいと考えていたのかもしれない。だが、何故か殺された。
すると槙野から電話がかかってきた。
《仕事中に悪いな。例の逆さ吊り殺人のことで電話した》
「何か情報が？」
《飛び切りのな》
思わず眉根が寄った。槙野がこう言う時は、本当に驚くほどの情報が齎される。
《二人目の被害者、曙酒造で働いていたらしい》
これで後藤と綿貫が繫がった！
「いつも驚かせてくれますね」
《俺も驚いてるよ》
「ネタ元は明かせます？」
《いいぜ。所長から聞いてるかもしれねぇが、高崎にある北尾酒造の杜氏だ。電話をくれた》
「立石さんですね。鏡さんからお名前だけは伺っています」
「そうか。でな、二人目の被害者はギャンブル好きで、サラ金からしょっちゅう追い込みをかけられていたらしい。まあ、曙酒造があった頃の話だけど》

「でしょうね。綿貫一郎は前科者で、強盗傷害で五年の実刑を食らっていました。強盗をした動機も、借金の返済に困ったからという身勝手な理由で――」
《ふ〜ん》
「それにしても、また曙酒造が絡んでくるなんて」
《全くだ。俺が調査している一件といい、曙酒造で何かがあったことは間違いないな》
「立石さんに会って詳しい話を訊いてみます。住所と連絡先を教えてください」
《言うぞ》
槙野の声を復唱しながらメモを取った。
「事件解決の暁には、金一封が出るよう申請しておきますね」
《現金で頼むぜ。振り込みだとカミさんに横取りされる》
「承知しています。ありがとうございました」
《待ってくれ、言い忘れてた。立石さんから話を訊いた時、弁護士事務所の人間だと偽ったんだ》
「ひょっとして、例の秘密兵器という弁護士さんも同席を？　高坂先生でしたっけ？」
《そう。俺は助手って触れ込みだ。くれぐれも》
《分かっています。槙野さんが探偵だということは口が裂けても言いませんから》
話を終えて槙野の証言を反芻した。綿貫はサラ金に追い込みをかけられていた――だ。後藤も以前はサラ金業だった。偶然か？

北尾酒造の立石と連絡は取れたが、生憎、これから他県に行く予定で帰宅は夜遅くになるとのこと。そんなわけで、明日の午後、北尾酒造で会う約束をして通話を終えた。長谷川に報告だ。
するど長谷川の方から電話してきた。
「東條です。報告があってお電話しようとしていたところなんです」
《こっちも新ネタだ。お前の報告から聞こうか》
「綿貫一郎ですけど、曙酒造で働いていたそうです」
《本当か――。どこで仕入れた情報だ？》
「槙野さんからの情報提供です」
《またあいつか――。お前、優秀な情報屋を手に入れたじゃないか》
「ええ、まあ――」槙野の話を伝え、「明日、その杜氏と会う約束を取り付けました」と報告した。
《曙酒造のことも詳しく訊いてこいよ》
「はい。それで、班長の新ネタとは？」
《係長から電話でな。興信所から通報があったとさ》
「興信所？」
《そうだ。綿貫を探して欲しいという依頼を受けたらしい》
自分が調べた男が殺されたと知って、捜査に協力しようと考えたようだ。
《依頼主は女だそうだが――》
女？　後藤の殺害現場にあった足跡は二つで、いずれも男性用スニーカーだと推察されている。容疑者達には女の仲間もいるのか？　それより、滝田康夫を殺したのは女である可能性が高く、康夫の義理の娘が関与したと考えていた。だが、連続逆さ吊り殺人に女も絡んでいるとなると、塩素ガス殺人については考え直さないといけないか。あるいは、康夫の義理の娘が一連の事件に関与している？

いや、さすがにそれは飛躍し過ぎだろう。

「その女が本名を名乗って調査依頼したとは思えませんね」

《間違いなく偽名だろう。それともう一つ。綿貫が同居女性に語ったことは事実で、両親も兄も他界していた。楢さんが親戚からも話を訊いたんだが、誰もが『もう何十年も綿貫とは会っていない』と答えたそうだ。で、今、どこだ？》

「赤羽です」

《じゃあ、興信所にはお前に行ってもらおうか。通報者だが、今は事務所にいるとのことだ。場所は新宿》

ＪＲ埼京線を使えばすぐである。

住所をメモし、里田に興信所に行くことを伝えた。

「その女、どうして綿貫を探す気になったんでしょうね？」と里田が言う。

「殺す気で探したのか？　それとも全く別の理由があるのか？　とにかく興信所に行ってみましょう」

興信所は新宿西口からほど近い雑居ビルに入っていた。

エレベーターで四階に上がると、正面のドアに『〇〇興信所』のプレートが貼ってあった。インターホンを押して身分を告げ、ドアが開かれるのを待つ。

ドアを押し開いたのは、無精髭面の痩せた中年男だった。ノーネクタイのスーツ姿。警察手帳を提示した。

「この度は、貴重な情報をお寄せいただきありがとうございます」

「まあ、どうぞ」

中に通され、応接セットでの事情聴取になった。他に誰もいない。

「探偵業はお一人で？」

「そうですよ。零細企業だから人を雇う余裕なんかなくてね」

男はそう答えると、薄いバインダーをテーブルに置いた。

「綿貫さんの調査報告書です」

「拝見します」ざっと読んでみたが、留意するような新事実はない。綿貫が曙酒造で働いていたことも書かれていない。「依頼人の名前は？」

男がメモにボールペンを走らせ、それを有紀に渡した。

工藤寿賀子《くどうすがこ》、四十八歳。携帯番号も書かれているが、固定電話の番号はない。住所の記載もなし。

「住所の記載がありませんけど、どうやって身元確認されたんです？」

「していません」

「どうして？」

「調査料金を前払いしてくれたからです。たまにあるんですよ、自分の素性を隠して依頼を持ち込むケースが――」

身元確認されるのが嫌だったということか。まあ、はなから偽名だと思っているが、携帯も足がつかないプリペイドに違いない。

「ですから、工藤さんの依頼を受けました。以後、工藤さんとの接触は携帯のやり取りだけ。でもね、さすがに調査対象者が殺されたとあっちゃ、警察に通報しないと拙いと思って」

「依頼内容は？」

「奥多摩町の留浦に、綿貫一郎という男が住んでいた。今も生存しているなら現住所を調べて欲しいと」

「たったそれだけ？」

「ええ。おいしい仕事でしたよ、二日で終わりましたから」

「工藤さんと最後に話したのは？」

「ひと月ほど前だったかな。最終報告で」

「では、口頭で？」

「そうです。報告書を送ると言ったら『必要ない』と」

携帯を出し、この番号にかけようとしたところで「無駄ですよ」の声があった。

「警察に通報する前にかけたら、もう使われていないって」

携帯をポケットにしまい、「どんな女性でした？」と質問した。

「細身だったけど、顔はサングラスをしていたからなぁ」

特徴は分からないということか。

「身長は一六〇センチくらい。髪はロングで軽くパーマがかかっていました。ああ、髪の色は濃い栗色」

一応メモしたが、こんな漠然としたものは役に立たないだろう。

「言葉に特徴は？」

「訛《なま》りのない標準語」

これでは雲を摑むような話だ。

「綿貫さんを尾行されました？」

探偵が首を横に振る。

「さっきも言ったでしょう。依頼は綿貫さんの住所を確かめることで、素行調査じゃありません」

これ以上の情報は得られそうにない。「何か思い出されたことがあればご一報いただけますか」と頼んで名刺を渡した。

辞去した有紀は、携帯番号を調べる部署に電話した。無駄だと思うが念のためだ。

「捜査一課の東條です。携帯番号の確認をお願いします」

工藤寿賀子の携帯番号を告げ、《折り返しお電話します》と言った職員の声に頷いた。

待つこと五分余り、齎された答えは予想どおり、プリペイド携帯の番号だった。使用者特定不可能である。しかし、事件に女が絡んでいることは分かったから僅かながらも進展か。明日、北尾酒造で気の利いた情報が得られることを願うばかりだ。

＊＊＊

六月二十六日——

有紀と里田は約束の時間の五分前に北尾酒造に到着した。歴史を感じさせる店構えでうだつがあり、大きな杉玉も下げられている。

木枠のガラス引き戸を開けたものの、見たところ誰もいない。奥に向かって「ごめんください」と声をかけると、品の良さそうな女性が出てきた。着物姿に纏め髪、年齢は五十代といったところか。口元の泣き黒子が印象的だ。

「いらっしゃいませ」

「東條と申します」

警察手帳を提示すると、女性が頷いた。

「ああ、立石さんから伺っております。呼んできますすね」

女性が奥に引っ込んだ。

ほんの数分で、さっきの女性が法被《はっぴ》姿の老人を連れて戻ってきた。好々爺といった印象で、法被は藍染めで、『北尾酒造』と白抜きされている。

「立石さんですか？」と尋ねると、嗄れた声で「はい」と返事があった。

すると女性が、「そこの小上がりを使って」と立石に言った。口ぶりからすると、この酒蔵の女将のようだが——。

「そうさせてもらいます」立石が言って有紀達に目を振り向けた。「どうぞ」

立石が上がり框に足をかけ、小上がりに入って座布団を出す。漆塗と思しき座卓を挟み、二人は立石と向かい合った。

「いやぁ、綺麗な刑事さんで驚きましたよ」

本心だろうと社交辞令だろうと、有紀にとっては褒め言葉にならない。心は男なのだから——。答えずに、「お忙しい中、お時間を取っていただきありがとうございます」と事務的に言った。

「あの弁護士さんとあなたが知り合いだったなんてねぇ」

アポを取った時に話した。

「助手の槙野さん、とても弁護士事務所の人間には見えないでしょう」

立石が苦笑して「ええ」と言う。「暴力団関係者かと思いましたよ、目に迫力があったもんですから。ところで、綿貫のことをお訊きになられたいそうですが？」

「はい。ギャンブル好きでサラ金の取り立て屋に追い回されていたそうですけど、彼を恨んでいた人物に心当たりは？」

立石が腕組みした。

「まあ、褒められた男じゃなかったですが、人に恨まれるような人間ではなかったですよ。素直っていうか、人を騙すってこともなかったし——。仕事の方はいい加減な面もあって、よくサボっていましたけどね」

「取り立て屋はどこのサラ金でした？」と里田が訊く。

「駅前の、何ていったかなぁ」立石が首筋を掻く。「ああ、そうだ！　山藤ビルっていう雑居ビルに入ってたんだ。一階が山藤薬局っていうドラッグストアでね」

「ああ、あそこですか」と里田が言った。

「ご存知なんですか？」

立石が驚いた顔をする。

「はい。私、地元が留浦なんですよ」

「ああ、そうでしたか」

有紀は里田の横顔を見た。

「そのビル、今もあります？」

「いいえ。十年ほど前に区画整理があって、今はパチンコ屋になってますよ」

それなら法務局に問い合わせ、山藤ビルの所有者だった人物を突き止めるまで。所有するビルに入っていたテナントのことなら覚えているだろう。立石に目を転じた。

「綿貫さんが刑務所に収監されていたことはご存知ですか？」

「え？」立石が目を見開く。「それ、本当ですか？」

「はい、強盗傷害事件を起こして——。動機は、借金の返済金が欲しかったからだそうです」

「曙酒造にいた時は、そんな荒っぽい男じゃなかったけどなぁ。時の流れがあいつを変えちまったのかも」

「他に綿貫さんのエピソードは？」

立石が考える素振りを見せる。

「これといって――」

ナシか。

「綿貫さんが曙酒造を辞めた後のことは？　噂とか」

「何も聞いていません。槙野さんにも言ったんですが、報道を見て綿貫のことを思い出したくらいですから」

証言をメモする。

「話は変わりますが、曙酒造はどんな酒蔵でした？」

「深みのある辛口の酒を造っていましたよ、活気のある蔵でねぇ。でも何故か、代々のご当主が皆さん短命でして――。高坂先生からお聞きかもしれませんが、最後に酒蔵を経営したご当主は二十六歳で自殺しましたし」

「滝田幸秀さんですね」

「ええ。幸秀さんのお父さんもお爺さんも同じく短命で」

「短命なのはどうしてです？」

「さあ、どうしてなんでしょうねぇ。偶然か、それとも何かの因縁でもあるのか――」

滝田康夫も五十代で殺されたから早世だ。

「弟の康夫さんはどんな方でした？　二年前に塩素ガスで殺害されていますが」

「我が強いというか負けず嫌いというか――。幸秀さんとも反りが合わなかったようで、子供の頃からしょっちゅう喧嘩してましたよ。でも、幸秀さんは高校からラグビーをやっていて身体も大きく、そんなわけだから康夫さんはいつも負けてねぇ。しょっちゅう顔を腫らしていたなぁ」

気の強さが無謀な戦いに駆り立てたのか。まあ、そんな人間もいるだろう。

とりあえず、山藤ビルの所有者だった人物を探す。辞去して車に戻った。

「里田さん。山藤ビルに入っていたサラ金業者を調べていただけませんか。後藤さんがやっていたサラ金かもしれません」

「分かりました」

4

国分秀美の家を双眼鏡で覗いていた槙野は、何度目かの欠伸を嚙み殺した。朝の八時過ぎからずっとあの家を見張っているが、誰も出てこないし誰も訪ねてこない。国分秀美について調べたところ、彼女は夫と死別し、一人娘が結婚していることが分かった。つまり、一人暮らしということになる。仕事に関しては不明で、働いているなら早くに出かけた可能性がある。いずれにしても、張り込みで情報を入手するしかない。

この場所は国分邸を見下ろす丘の上にあって、国分邸との直線距離は約七〇メートルほど。視界を遮る建物もなし。監視するのに適当な場所を探したところ、草が生い茂るこの空き地を見つけたのだった。

果たして、島崎智輝は現われるだろうか？

すると、玄関ドアが開いて女性が出てきた。国分秀美は一人暮らしだから彼女に違いないが、目鼻立ちの整った顔である。

「先生、国分秀美が出てきたぞ。顔を覚えてくれ」

高坂が双眼鏡を受け取った。

「あの女性ですか――」

「歳は食ってるが結構な美人だよな」

「はい。あっ、家の中に入っちゃいましたよ」

「まあいいさ。彼女の顔が分かったから収穫だ」

「ねぇ、槙野さん。ちょっと気になることが――」

「何だ？」

「連続逆さ吊り殺人のことです。被害者が二人とも曙酒造に縁のある人物で、我々が探している島崎智輝の前世は曙酒造の当主でした。そして島崎智輝が失踪後、それほど間を置かずに連続逆さ吊り殺人が起こっています。タイミングが良すぎませんか？」

「おいおい、島崎智輝が犯人だってのか？」

「あるいは、犯人グループの一人とか」

確かに、後藤殺害の容疑者は二人だが――。

「動機は？」

「三十一年前、曙酒造で何かあったんじゃないでしょうか？　僕は、滝田幸秀が殺されたんじゃないかと睨んでるんですけどね。つまり、連続逆さ吊り殺人の被害者達が滝田幸秀を殺したんじゃないかと」

「じゃあ、自分が殺された記憶を持ったまま島崎智輝に転生した滝田幸秀が、復讐のために二人を逆さ吊りにしたってことになるぞ」

「はい」

「さすがにそれはねぇだろ」

百歩譲ってそうだとしても、そんな理由で警察が動くわけがない。それ以前に、からかってるのかと雷を落とされるのは目に見えている。

「そうでしょうか？　僕が島崎智輝だったら復讐を考えますけどね。だって、人目につかないところで二人を殺せば、全くの別人に転生した自分と二人との接点はゼロ。絶対に捜査線上には浮かんできませんから」

「まあ、そういうことになるだろうけど――」面白い発想ではある。いけない、高坂のペースに嵌るところだった。「じゃあ、曙酒造を売り飛ばした弟の滝田康夫のことは？　手口は違うが殺されてるぞ」

「そこが分からないんですよ。殺されたのが二年も前だし、殺害方法も違いますから全く違う事件と考えるのが賢明かなぁ」

「兄弟で思い出したが、精神科の渡瀬医師がこんなこと言ってた。『滅茶苦茶仲の悪い兄弟の前世を調べたら、戦国時代に敵対していた武将達だったという例がある』って」

「ホントですか！」

高坂が目を輝かせる。

「あくまでもあの女医さんの話だ」

「他にはどんな話が？」

「そんなことより、ちゃんと見張ってくれ」

「ああ、そうでした。すみません」

高坂が双眼鏡を覗く。

「こんな話もあったぞ。通り魔事件に巻き込まれて九死に一生を得た人物の前世を調べたら、前世で人を殺していたことが分かったそうだ。そんでな、殺した相手の名前を訊き出したところ、通り魔と同じ姓で、同じ土地出身だったたって」

「じゃあ、前世で殺した相手が子孫に転生して、同時代に転生した自分に仕返ししたってことですか？」

高坂が双眼鏡を覗いたまま訊く。

「渡瀬医師は信じてるみてぇだけどな」

「その先生に会ってみたいです。もっと面白そうな話が聞けそうだし」

物好きな男だ――。

「じゃあ先生、ここは任せた。交代は午後十時な」

「了解しました」

車を降りて事務所に足を向けた。家に帰ると寝る時間が減るから、事務所の仮眠室で休むことにした。

事務所までの道すがら、高坂の仮説が浮かんできた。もしもあの仮説が正しいとすると、島崎智輝は国分秀美に事件の真相を話しただろうか？　もしも話したとしたら、彼女も激怒するのではないだろうか？　滝田幸秀の死で別の人生を歩まざるを得なくなったわけだし、心にも大きな悲しみを刻まれたのである。そして二人で復讐計画を練ったとしたら……。

考え過ぎか——。

事務所に戻ると、早瀬と高畑が雑談していた。早瀬がこの時間に事務所にいるということは、調査完了か。

「ただいま。早瀬、終わったのか？」

「はい」

早瀬が微笑む。

気のせいだろうか、いつもの笑顔と少し違うような——。体調でも悪いのか？

「それより所長から聞きましたよ。調査、益々変な方向に向かっているんですって？」

「変どころじゃねぇ、頭がこんがらがっちまう。先生は大喜びだけどな」

「何かお手伝いすることは？」

「いいよ、今日はゆっくり休め」

そう言ったが、大事なことを忘れていた。高坂と交代するまで八時間以上あるというのに、張り込み用の食事を車に置いてこなかったのだ。それに高坂は金欠病でもある。

「早瀬、前言撤回だ。先生に差し入れ持ってってくれねぇか」

「いいですよ」

財布から諭吉君三枚を出して早瀬に渡した。

「これで差し入れを適当に買って、残りはバイト代の一部の先払いだと伝えてくれ」

高崎に行ってから日が経っている。またぞろ金欠に陥っているはずだ。


目覚めると、カーテンの隙間から隣のマンションの明かりが漏れていた。起き上がって明かりを灯し、腕時計を見る。午後八時を少し回ったところだ。事務所が明るいから鏡は戻ったか。

仮眠室を出ると、鏡が自分のデスクでキーボードを叩いていた。

「所長」

「おう、起きたか」鏡が手を止めた。「何か進展は？」

「まだです、先生から連絡もありませんし――。ただ、先生が妙な推理を」

「何だ、妙なって？」

高坂の推理を伝えると鏡が苦笑した。

「生まれ変わって復讐？　相変わらず、その手の話が好きな男だな」

「ええ。さすがそれはないだろうって言っといたんですけど。じゃあ、行ってきます」

事務所を出るなり腹の虫が鳴き出した。

晩飯食ってから行くか――。

近くにあるラーメン屋に足を向けた矢先に携帯が鳴った。高坂からだ。

「おう、どうした？」

《たった今、国分さんの家に男性が入って行きました》
「島崎智輝か？」
《分かりません。暗くて顔の確認までは——》
智輝であってくれ——。
「分かった。飯食ったら行く」
《ああ。差し入れとお金、ありがとうございました》
「礼なんかいいよ。ところで早瀬は？」
《すぐに帰られました》
ほんのひと時でも早瀬と二人きりになれたのだ、心躍ったことだろう。

腹を満たした槙野は電車を乗り継ぎ、立川駅で降りてコンビニを探した。夜食の調達だ。

コンビニで食料と飲み物をしこたま買い込んで車に行くと、「あれから動きはありません」と高坂が報告した。

「国分秀美は？」

「夕方頃出かけたものですから尾行すると、近所のスーパーに入りました。買い物はすぐに終わって帰宅し、それっきり出てきていません」

「ご苦労さん」

「明日の朝ですけど、何時に交代ですか？」

「十時でいいや。事情が変わったら電話する」

「はい。槙野さん、話は変わるんですけど――。早瀬さん、何かあったんですか？　いつもと雰囲気が違ったというか。ニコニコされてはいたんですけど、どことなく作ったような笑顔に思えて」

高坂も気付いたか。早瀬に心を寄せる男なら当然かもしれないが――。

「俺もそう感じた。具合でも悪いのかな？」

「一過性のものならいいんですけどねぇ」

車内の暗がりではあるが、高坂の表情が曇ったように感じた。

「飯にでも誘って訊いてみたらどうだ？」

「ぼ、僕がですか！」

「他に誰がいるんだよ」

「ダ、ダメですよ。断られるに決まってます」

「そんなもん、誘ってみねぇと分からねぇじゃねぇか」

「遅くなるから帰りますね。失礼します」

照れ隠しなのか、高坂があたふたしながら車を降りた。

高坂の姿が見えなくなるとクライアントのことが頭に浮かんだ。彼女はどうして滝田幸秀のことを知っていたのか？　加えて、智輝の失踪と幸秀が関係していると推理できたのは何故なのか？

ひょっとしたら、子供の頃の智輝が前世のことを喋り、それが真実かどうかを確かめるために鏡に調査を依頼したのではないだろうか？　そして智輝の失踪に、幼い頃の智輝が喋ったことが関係しているのではないかと考えたとしたら？

国分邸の明かりが消えた。煙草を咥える。

あの家に智輝はいるのか？　もしいたとしたら、かつての婚約者とどう接しているのだろう。前世では仲睦まじく寄り添っていたと思われるが、今や国分秀美は五十代半ば。そんな母親よりも年上の女性をどんな目で見ているのか？　若かりし頃の彼女を見たように、変わらず同じ目で見ることができるのだろうか——。

＊＊＊

六月二十七日——

時は過ぎて丑三つ時から未明へと移り変わり、やがて東の空が白み始めた。国分邸に動きはなく、新聞配達員がポストに新聞を入れただけ。

そのうち朝の光に包まれ、コンビニの握り飯にかぶりついた。茶のペットボトルにも手を伸ばす。食事の間も双眼鏡は覗いたままだ。ラジオはニュースを流し始め、しばらくして連続逆さ吊り殺人の続報となった。

だが、捜査が進展したという話はなく、東條の顔が浮かんだ。彼女が高坂の推理を聞いたらどんなリアクションをするだろう？

考えただけで笑える。きっと、『馬鹿馬鹿しい』と一笑に付すに違いない。

そして午前九時になり、国分邸の玄関ドアが開いた。出てきた人物を見て思わずギョッとなる。

智輝だ！　間違いない――。

やはりあそこにいた！　つまり、前世の概念は正しいことを意味する。だからこそ智輝は、かつての婚約者である国分秀美の家にいるのだ。

智輝はＴシャツにジーンズ姿でリュックを背負っている。

智輝に続いて国分秀美も出てきた。グリーンのエプロン姿だから出かけないようだが、二人を見ていると、母親が学生の息子を送り出しているかのようである。

さて、どうしたものか？

クライアントに智輝の居場所を伝えて調査終了とするべきか、それとも智輝の行動を調べ、失踪の原因を調べるべきか。とりあえず、智輝を尾行することにした。

車を降りて国分邸の近くまで走り、五〇メートルほど先を歩く智輝を追う。高坂に連絡だ。

「俺だ。智輝を見つけたぞ」

《ホントですか！　やっぱり国分さんの家に？》

「ああ。昨日、先生が見た男は智輝だったんだ。出かけたから尾行してるんだが、先生は俺の車で待機していてくれ」

高坂にはスペアキーを渡してある。

《すぐに向かいます》

ほどなくして、智輝はバス停で足を止めた。

どこに行く気だ？

バスを待つ列と少し距離を置いて智輝を観察し続けるうち、満員のバスがやってきた。乗客達が降りて列の客達がバスに吸い込まれて行く。

槙野も列の最後尾についてバスに乗った。

智輝はというと、左手で吊り革を持ち、右手に持った携帯を睨んでいる。

それから七、八分バスに揺られ、《次は立川図書館前》のアナウンスが流れた。

智輝が降車ボタンに手を伸ばす。

図書館に行く気か。智輝は作家でもあるから、小説を書くための下調べかもしれない。

智輝を追って下車すると、案の定、彼は図書館に入って行った。それから歴史書のコーナーに行き、本を探す素振りをしながら首を左右に向けている。

智輝が立ち止まり、本棚の最上段から一冊を抜き取った。頷きつつページを開き、読書コーナーへと向かう。

槙野は雑誌コーナーで週刊誌を手に取り、少し離れた所にあるベンチに腰掛けた。何気なく手にした雑誌だったが、連続逆さ吊り殺人の見出しがあり、どうせ頓珍漢な推理を書き連ねているのだろうと思いながら表紙を捲った。さすがに図書館に置かれている雑誌だからグラビアヌードは載っていないが、こんな安価な雑誌まで図書館に置くべきなのだろうか？　出版社としては堪ったものではないだろう。民業圧迫もいいところだ。

智輝がリュックからノートを出している。

智輝を時折見ながら記事を読み進めると、予想に違わず、連続逆さ吊り殺人について好き勝手な推理が巡らされていた。次の記事は母子心中の記事だった。『教育ママの絶望』と題されており、娘が希望の私立小学校に落ちたことが心中の原因ではないかとある。

そういえば、母も教師をしていたから教育には熱心だった。しかし、諦めも早く、こっちが小学三年生の時に『勉強しなさい』という言葉を口にしなくなった。母の期待は優秀な兄だけに注がれるようになったのだ。そのせいか、兄は今や、世界に冠たる自動車会社の営業部長である。いずれは重役にもなるだろう。警察を追われてしがない探偵をしているこの身とは雲泥の差だが、何も悲観はしていない。優しい妻が、麻子がいてくれればそれでいい。

母で思い出したが、クライアントも人の親。息子の居場所を知ったら、きっと国分邸に乗り込むに違いない。当然、家主である中年女性を目の当たりにするわけだから戸惑うはずで、下手をすると、『いい年して、うちの息子を誘惑したわね』という修羅場になりかねないか。

それからたっぷり二時間、ようやく智輝が席を立った。

次はどこに行く？

外に出た智輝はまたバス停で立ち止まり、ほどなくしてやってきたＪＲ立川駅行きのバスに乗り込んだ。

まだどこかに行くのか？　それとも国分邸に帰るのか？

ＪＲ立川駅で降りた智輝は券売機の前に立った。ジーンズのポケットから小銭を出してコイン投入口にそれを入れていく。

槙野も適当に切符を買い、改札機を抜けた智輝を追った。

ホームに上がった智輝は、携帯片手に上り方面の電車を待っている。一見、どこにでもいる学生といった雰囲気を醸し出しているが、あの青年が三十一年前に死んだ男の生まれ変わりだと誰が分かるだろう？

ふと、自分の前世は何者だったのかという思いが湧いてきた。武士だったのか農民だったのか、それとも商人だったのか無宿者だったのか。罪人だったのか善人だったのか、男だったのか女だったのか。警察を追われたことも前世に起因するのだろうか？

しかし、その思いをすぐに払拭した。過去が誰であろうと、今の自分が本当の自分なのだ。過去世でどんなに金持ちでも、その金を今世でも手にすることができる人間などいないのだから——。

電車がホームに滑り込んできた。

槙野は智輝が乗った車両の隣の車両に乗り、連結部のドアの窓から智輝を見張り続けた。

そのうち電車は新宿駅に到着し、智輝が降りて階段に向かう。

新宿で買い物か？

だが、智輝は山手線のホームに上がり、池袋方面の電車に乗った。それから高田馬場駅で下車して西部新宿線に乗ったのだった。

まさか——。

そのまさかは当たっていた。何と智輝は江古田駅で降り、槙野がクライアントと共に歩いた道を進み始めたではないか。

自宅に帰る気か？

尾行を続けるうちに確信した。やはり自宅に帰るのだと。

智輝があのマンションに入って行く。

家出はこれでお終いか？　だとしても、どうして終わらせた。

高坂の言ったことが耳に蘇る。『連続逆さ吊り殺人の犯人は島崎智輝では？』

そして今、智輝は自宅に帰った――。

ひょっとして、目的を果たしたからではないのか？　前世の仇を討ち、かつての婚約者とも話すことができたから元の生活に戻ろうとしているのではないのか？

ハッとした。家出が終わったとしたら拙いのだ。智輝がクライアントに会えば、クライアントは鏡探偵事務所に『息子を見つけられなかった三流探偵社』という烙印を押すだろう。そうなる前に報告しないといけない。

急いでクライアントに電話した。

《島崎です》

「息子さん、見つけましたよ」

《ホントですか！》

鼓膜がキンとなりそうな声だった。よほど嬉しいのだろう。それは取りも直さず、智輝がまだクライアントに連絡していないということだ。

《どこにいるんですか⁉》
「たった今、江古田のマンションに入って行きました」
《自宅に帰った？》
「ええ。今朝方、息子さんを見つけましてね。それで尾行していたら、たった今――」
《詳しいお話は後ほどお伺いします。とにかく、江古田に行きますから》

それから一時間余り、マンション前に白いポルシェが止まった。クライアントが降りてくる。

「槙野さん――」

よほど慌てて家を出たとみえ、髪は後ろで纏めてあるだけだ。口紅も塗らずにサングラスをしているから、すっぴんを隠しているようだった。

「息子さんから電話は？」

「五分ほど前に――。家に帰ったと」

「会ってきてください」

「はい。あとでお電話します」

クライアントがエントランスのオートロックの鍵を開け、中に駆け込んで行った。

さて、智輝はどう説明するのだろうか？

ほどなくして高坂から電話があった。

《今、車に乗りました》

「じゃあ、運転して事務所まできてくれるか？」
《え？》
「智輝は自宅に帰ったよ」
《どうして？》
「さっぱり分からねぇ。今、クライアントが智輝と話をしている。じゃあ、事務所で」

事務所に戻ると鏡だけがいた。高畑は銀行にでも行ったか？　早瀬は新規の依頼で出ているのだろう。


「帰りました」

「おう。何か掴めたか？」

「島崎智輝、自宅に帰りましたよ」

「何だって？」

鏡が、鳩が豆鉄砲を食らったような顔をする。

今朝からさっきまでの経緯を話すと、鏡も「どうなってんだ？」と言った。

「何が何だか？」

肩を持ち上げると、鏡の表情が変わった。

「どうしました？」

「先生が昨日言ったことだよ。前世の復讐——。あれからどうも気になってなぁ」

「信じるんですか？」

「お前の報告を聞いたからな。智輝が自宅に帰ったのは、首尾よく仇を討てたからじゃないのか？」

「所長までそんなことを」

「だって、智輝が国分邸にいたのは事実だろ。滝田幸秀が今世に転生したことは確かじゃないか。そして曙酒造に関係した二人が殺され、何故か智輝は自宅に帰った」鏡が頭を掻く。「不思議なことってあるんだなぁ」

何を今更。今までにも説明のつかない事例がいくつもあったではないか。

「クライアント、あとで電話するって言ったんだな？」

「はい」

「真相を喋ってもらうか。本当に殺人事件が絡んでるなら放ってはおけん」

噂をすれば何とやらで、クライアントから電話がかかってきた。鏡にその旨を伝えて通話マークをタップした。

「槙野です」

《今、息子の部屋を出ました。これからお会いできますか？》

「いいですよ。事務所に戻っているんですけど」

《伺います》

智輝とどんな話をしたのか？

通話を終えると鏡が低く唸った。

「問題は警察だな。先生の推理が当たっていたら通報しなきゃならんが、通報したら当然、どうして智輝に辿り着いたか説明を求められる。前世と言われて、すんなりと信用する人間がいるかな？」

まずいないだろう。

「話は変わるんですけど、早瀬の」

そこまで言ったところで「分かってる」と鏡が言った。

「所長も気付いていたんですね」

「うん。何事もなきゃいいがな」


一時間もせずにクライアントが現われ、彼女を応接セットへと促した。当然、鏡も同席し、まず、槙野が切り出した。

「息子さんとどんなお話を？」

クライアントが涙目になる。

「ほんの一言二言だけでした。どこに行っていたのか問い詰めたら、『ごめんね。もういなくなったりしないから何も訊かないで』と――。親として、はいそうですかというわけにはいかなかったんですけど、また家出されたら困りますし、少し時間を置いた方がいいと判断して、食事をさせてから息子の部屋を出ました。息子はどこにいたんですか？」

「立川市の、ある民家に」

「どうしてそんな所に？　まさか、女性の家に転がり込んでいた？」

「転がり込んでいたかどうかは分かりませんが、確かにそのお宅は女性の一人暮らしです」

瞬く間にクライアントが口を真一文字に結び、眉を吊り上げた。目つきもきつくなって別人だ。息子が命、それを地で行く母親であることは間違いなかった。頭の中に浮かんでいるのは女に対する憎悪か――。

「どんな女です?」

声まで低くなった。完全にキレている。正に豹変だ。

言うべきか迷うと、更に荒い声が飛んできた。

「どんな女かと訊いてるんです!」

すると鏡が話に割って入った。

「それをお話する前に、そちらも正直に話していただけませんか? そうしていただかないと、こちらも話がし辛いんですよ」

「どういうこと?」

クライアントが鏡を睨む。だが、鏡は構わず核心を衝いた。

「九年前の調査です。息子さんは子供の頃、前世のことをあなたに話したんじゃありませんか? そしてあなたは、息子さんの言ったことが事実かどうかを確かめるために滝田幸秀の調査を私に依頼した」

クライアントの表情が強張り、大きく目を見開いて鏡を見据える。それが何よりの答えだった。

「やはりそうなんですね」

「――どうしてそのことを……」

「一応、探偵社の看板を掲げていますからね。それに、神秘現象の調査も何度かしたことがあります。はっきり言いますね。我々も、生まれ変わりとか前世のことは信じていますから」

その一言が背中を押したのか、ややあってクライアントが俯き、首を左右に振った。

「信じていただけないと思い、そのことは伏せて調査を依頼したんです」

「息子さんはあなたに何を話したんです？」

「最初の異変は、智輝が三歳の時でした。テレビを見ていたあの子が、突然、画面を指差して『僕、この町に住んでいた』と言い出したんです。番組は奥多摩町を映していて、タレントが出会った町の人達に声をかけていました」

最近もそんな番組を見たことがある。

「智輝を奥多摩町に連れて行ったことなどありませんでしたし、変なことを言うなと思ったんです。でも、あの子はそれ以上何も言わず、黙って番組を見続けました。ですから、私も然程《さほど》気にしなかったんです。ところが、それからひと月ほど経ち、あの子が保育園に入った時に――」

「また奥多摩町の話をした？」

「いいえ。保育園の先生から電話で、『智輝君がお昼寝の時に変な寝言を言っていました。何度も、殺さないでくれと。お家で何かあったんですか？』って――」

「殺さないでくれ!?」

槙野と鏡が同時に言った。

「私も主人も智輝に手をあげたことなどありませんでしたし、何か怖い夢でも見たんだろうという説明をしたんです。ですが、智輝は……」

鏡が身を乗り出すようにしてクライアントに顔を近づけ、槙野もつられて同じ行動をした。

「智輝は——智輝は……。その日の夜、また寝言で『殺さないでくれ』と言ってひきつけを起こしました」

ひきつけまで起こすとは——。尋常な悪夢ではなかったようだが——。

「でも、次の日になったら前日のことはコロッと忘れていて——。そして月日が過ぎて智輝が十歳の時、遂に前世についての詳細を話し始めました。『僕の名前はタキタユキヒデ、とずらにある造り酒屋にいたんだ。ママ、僕は殺されたんだよ。苦しかったんだよ』と」

高坂の推理が当たったかもしれない。妄想だと思っていたが、この話を聞いて考えが変わった。

「所長、まさか——」

「うん」

「何ですか？」

クライアントが鏡と槙野を交互に見る。

「お話を続けてください」と鏡が言う。

クライアントが溜息をついた。

「それでさすがに気味が悪くなり、主人に相談しました。でも主人は、『悪い夢を見ただけだろう』と言って取り合ってくれず、それで思い切って、智輝の言ったことが本当かどうか調べる気になったんです」

「そしてうちにこられた」

「はい。こちらの報告書を読んでゾッとしました。智輝の言ったことが事実だったんですから。それで病院よりもそういったジャンルの、いわゆる霊能者を探して視てもらったところ、『一過性のものだから心配しなくていい。大人になるにつれて過去世の記憶は消えていくから』と言われて――。その霊能者の仰ったとおり、十一歳になる前日を最後に、智輝は過去のことを一切話さなくなりました」

「息子さん、誰に殺されたと話しましたか？」

「そこまでは話しませんでした」

「槙野。息子さんのこと、話して差し上げろ」

頷いてクライアントを見た。

「息子さんは、滝田幸秀さんの婚約者だった女性の家にいました」

「え？」

「現姓は国分秀美さんですが、旧姓は北尾さんです」

「では智輝は、かつての婚約者に会いに？」

「そうです。でも、失踪した理由は他にもあると私は思っています」

「どんな？」

槙野は鏡の横顔を見た。

「所長。話していいですか？」

鏡が頷く。

「息子さんは、巷を騒がせている連続逆さ吊り殺人に関わっている可能性があります」

クライアントが口に手を当てた。

「――嘘でしょう……」

「よく聞いてください」

クライアントが息を呑んだのが手に取るように分かった。

「ご存知のように、滝田幸秀は留浦にあった曙酒造の当主でしたが、彼の死後、家督を継いだ弟の康夫という人物が酒蔵を売り飛ばしました。そして酒蔵を買ったのが、連続逆さ吊り殺人の一人目の被害者です」

クライアントの眉根が寄っていく。

「更に、二人目の被害者もかつて曙酒造で働いていた男。そして息子さんは前世で殺されたことをあなたに告げ、つい最近、家出してかつての婚約者だった国分秀美さんと暮らし始めました」一応は塩素ガス殺人のことも付け加えるべきかと思ったが、一連の事件との関りが不明のために伏せておくことにした。「それらのことを鑑みると」

いきなり、クライアントがテーブルを叩いた。

「智輝が殺人事件に関わっているなんて有り得ない！」

母親としては聞きたくもない話だろう。怒りを露にする気持ちはよく分かる。だが――。

「我々もそう信じたいです。ですが、人が二人も死んでいる以上、警察に話をしないわけにはいきません」

「警察沙汰にする気？　ふざけないでよ！」

「息子さんが無関係なら、警察がちゃんとそれを証明してくれるでしょう」

クライアントは槙野を睨みつけたまま微動だにせず、鏡が「島崎さん。どうかご理解ください」と諭した。

「帰ります。調査料金の精算を」


クライアントが帰ると、鏡が「先生の勘が当たったようだな」と言った。

「はい。クライアントの口から智輝が語ったことを聞くまでは先生の妄想だと思っていたんですけどね。それにしても彼女、かなり怒ってましたね。典型的な、息子を溺愛するタイプでもあるようですし」

「無理もないさ、息子が人殺しかもしれないと言われちゃな。だけど、あれは豹変と言っていいぞ。まるで、子供を守るために敵に牙を剝く狼だった。それだけ愛情が深いってことなんだろうけどな。一応報告書は送っておけ」

「国分秀美についてはどう思います？　智輝から三十一年前の真相を聞かされたんでしょうか？　殺しに手を貸した可能性は？」

「う〜ん、何とも言えんなぁ。それより、智輝は自分を殺した二人をどうやって見つけたんだ？」

「一人目は簡単に見つけたと思いますよ。国分秀美から曙酒造のその後を聞かされて見に行ったところ、そこには後藤マートというスーパーと後藤書店、レンタルビデオ店が建っていた。それでピンときたんでしょう」

「二人目は？　綿貫だったっけ？　ニュースでトラックの運転手をしてたって言ってたが」

「後藤から訊き出したか。あるいは興信所を使ったか」

「どうだろうな？」

「滝田康夫の件については？　先生は連続逆さ吊り殺人とは無関係だろうって言ってましたけど」

「殺されたのは二年も前だから、俺も先生と同意見だ。さて、警察だが――」

「東條に話してみます。信じてくれればいいんですけどね」

彼女は長々出なかったが、かけ直そうとした矢先に繋がった。

《東條です》

「重要参考人と思しき人物を見つけたぞ」

敢えて重要参考人と言った。

《呆れるほど鼻が利きますね。その人物はどこに？》

「練馬区の江古田にいるんだが、名前を教える前に俺の話を聞いてくれねぇか？　ちょっとややこしいことになっちまって――」

《今、どちらに？》

「事務所だけど」

《一時間でお伺いします》

「言い忘れてた。そっちは一人か？」

《いいえ。所轄の捜査員が一緒にいますけど》

「悪いが、一人できてくれ」

オカルト的な要素のある話だ。東條以外の人間の耳に入れたくない。

《分かりました》

携帯をしまうと高坂が現われた。車の鍵を出して「槙野さん。これ」と言う。

「おう。悪かったな」

「いいえ」

「先生」と鏡が声をかけた。「張り込みは長丁場になると思ったけど、あっさり終わっちまったな。また仕事回すから」

「お願いします」

「そうだ、バイト料だったな」

「昨日いただいた金額で十分ですから」

「そうか?」

「はい」高坂が槙野を見る。「島崎智輝さんに何があったんでしょうね」

クライアントとのやり取りを伝えると、高坂が強く頷いた。

「彼が犯人ですよ、きっと」

すると鏡が、「腹減ったな。槙野、何か食ってくるから警察の相手はお前に任す」と言った。

「分かりました」

「先生。飯、付き合えよ。奢るから」

高坂は万年金欠だから鏡の思いやりだろう。

「いいんですか？」

高坂が嬉しそうに言う。

「ああ。じゃあ槙野、頼んだぞ」


きっかり一時間で東條がやってきた。

高畑がいないから、槙野自らコーヒーを淹《い》れて彼女に振舞う。

一息ついたところで東條が居住まいを正した。

「槙野さん。どんなお話ですか？」

「教える前に約束してくれ。俺の話を最後まで聞くこと、絶対に途中で話の腰を折らないこと」

「そんなの当たり前のことじゃありませんか」

「普通ならな」

東條の目つきが鋭くなった。

「信じ難いことが含まれるということですね」

相変わらず勘がいい女だ。

「うん」と答えて煙草に火を点け、ゆっくりと煙を吐き出した。「前世の話が絡んでくる」

瞬く間に東條が目を瞬かせた。この男は何を言い出すのか？　といった顔だ。

「聞き間違いでしょうか？　前世と聞こえたんですけど」

「そっちの耳は正常だ。約束したんだからちゃんと最後まで聞けよ」

「――はい」

やれやれといった表情だ。

「俺だって半信半疑なんだ。でもな、前世の概念がなきゃ説明ができねぇ。事の発端は――」

それから懇切丁寧に島崎智輝に関することを話すと、「にわかには信じられないお話ですね」と東條が言った。

「そうなんだけど、島崎智輝が国分秀美の家にいた理由は前世の概念なくして説明できねぇんだ」

「どうなのかなぁ、他に理由があるような気もしますし――。その、諏訪市在住の精神科医が島崎智輝さんに暗示をかけ、国分秀美さんの家に行くよう促したとか」

「有り得ねぇよ。そんなことして何の得になる？」

「それは調べてみないと分かりません」

こっちと違い、現実の事件と死体に向き合っている東條にとって、これは受け入れられない情報に違いなかった。

「じゃあ、智輝自身が子供の頃、前世で殺されたことを母親に話している件については？」

「何とも言えません。母親の狂言かも」

ダメだこれは――。とりあえず話を続けた。

「では、槙野さんは島崎智輝さんが重要参考人だとお考えなんですね？」

「うん。只、一つ疑問がある。滝田康夫だ。連続逆さ吊り殺人との関連がなぁ。康夫が殺されたのは二年も前だし……。なぁ、康夫のこと調べたんだろ？　話せる範囲でいいから教えてくれねぇか」

「別に隠すことはありません」

東條があれこれ教えてくれた。犯人が塩素ガスを凶器に使った理由、目撃者の誰もが容疑者の女の素顔を見ていないこと、康夫の口座に入金記録がないこと、康夫の携帯の通話記録が消された可能性、康夫に金づるがいたこと、そして康夫と義理の娘との関係――。

「娘に性的虐待？　それをネタに強請ってた？」

康夫が住んでいた部屋を訪ねた時、隣室の女はこう言っていた。『愛想つかしたんじゃないの？しょっちゅう怒鳴り声がしてたし、奥さんが顔を腫らしていたこともあった。娘も暗くてさぁ。いつも下向いて歩いてたから、父親の暴力に怯えてたんじゃないかしら？』と。

そして下田の民宿を訪ねた時、あの娘はこっちが康夫のことできたと勘違いし、それこそ親の仇でも見るかのように睨みつけた。それだけ康夫を忌み嫌っていたのだろうが、根底に性的ＤＶがあったからなのかもしれない。

「その話が事実なら康夫は鬼畜だな」

「ええ。ですから、塩素ガス殺人は一連の事件とは無関係と思っていました。でも、私の考えが間違っている可能性が出てきたんです。勿論、滝田さんが娘にしたことは事実だと思っていますけど」

「その可能性って？」

「二人目の被害者のことを調べていた女性がいて、新宿の興信所に調査依頼をしていました」

「女が興信所に――」鏡との会話を思い出した。まさか、国分秀美か⁉「二人目の被害者は綿貫だったな。その女、どんな調査依頼を？」

「綿貫さんの現住所を調べて欲しいと。その女性、綿貫さんが留浦に住んでいたと探偵に話したとかで」

智輝から頼まれたか。それに――。

「島崎智輝が転がり込んだのが、前世の婚約者だった国分秀美の家だと話したろ」

「はい」

「その国分秀美なんだが、かなりデカい家に住んでるんだ。ガレージにはベンツの最高クラスも――。つまり資産家だってことさ。中年男の小遣い程度なら右から左でわけなく出せる」

「滝田さんのマンションで目撃された女だと？」

「康夫の義理の娘が綿貫のことまで知っていたとは思えねぇ。国分秀美は滝田幸秀の婚約者だったんだから、転生した島崎智輝と会うずっと前から弟の康夫と繋がりがあったって不思議じゃねぇさ。そして何らかの理由で康夫に強請られ、頭にきて塩素ガスで殺した」

「その強請のネタって？」

「そこまでは分からねぇけど……」そう言ったが、仮説が浮かんできた。「まさか、幸秀の死に関係してるんじゃねぇだろうな」

「幸秀さん殺しに国分さんも手を貸したと聞こえるんですけど？」

「うん。康夫はそのことを知っていたから国分秀美を強請る気になったんじゃねぇか？」

「つまり、滝田康夫さんも幸秀さん殺しに関わっていた？　兄弟ですよ」

「別に珍しくもねぇだろ。殺人事件の六割が身内間で起こっているそうだし、幸秀殺しに康夫や国分秀美が噛んでいてもおかしくねぇ。杜氏の立石さんも、『康夫にとって幸秀は目の上のたん瘤だっただろう』って言ってた。兄弟仲がかなり悪かったってよ。それに国分秀美のあの資産はどこからきた？　夫が資産家だったのか？　それとも夫の保険金か？　あるいは、曙酒造を売り飛ばした分け前か？」

「でも、国分さんが幸秀さん殺しに関わっていたなら、転生した島崎さんをどうして受け入れたんですか？　それ以前に、島崎さんが国分さんを訪ねますか？」

「国分秀美が実行犯じゃなかったってだけのことさ。計画を立てた首謀者だったら？　智輝はそれを知らずに国分秀美に会いに行った」この推理が当たっていたら国分秀美は稀代《きだい》の鬼女だ。「そして国分秀美は本性を隠し、智輝の前で悲劇のヒロインを演じて連続逆さ吊り殺人に手を貸した。国分秀美にとっても好都合だったんじゃねぇかな？　自分の秘密を知る二人が死んでくれるんだから。ニュースによると、最初の殺しの現場には二名の足跡が残ってたんだよな」

「はい。どちらも男性用のスニーカーで、推定サイズは二八センチと二六センチ」

「二八？」

　智輝の靴のサイズは二六だとクライントは証言した。

「どうしました？」

「島崎智輝の足のサイズだ。母親は二六センチだと証言したんだが——。となると、わざと大きなサイズの靴を履いて捜査を攪乱した可能性もあるな。二六センチの靴にしたって、つま先に詰め物をすれば女だって履けなくはねぇ。智輝と国分秀美の犯行だ」

「ご存知ないんですか？　二つ目の現場に残っていた足跡が一つだけだったことを」

「えっ！　そうなのか？」事件の残虐性ばかりが印象に残り、二つ目の現場の状況まで把握していなかった。「ニュースで言ったか？」

「はい。綿貫さん殺しは単独犯で、しかもサイズは二六センチ。そのご説明は？　島崎さんの単独犯行ですか？　それとも国分さんの単独犯行？」

「う〜ん」

答えに窮して頭を掻いた。反論のしようがない。

「まぁ、確かに奇妙なことは多いんですけど――」

東條が腕を組む。

「でも、一応、島崎智輝と国分秀美をマークした方が良くねぇか？　俺の推理が乱暴だってことも分かっちゃいるけど、万が一ってこともあるし」

上目遣いで東條を見る。

ややあって、「分かりました」と東條が言った。「二人のデータと写真をください」

「プリントアウトするから待ってくれ」

写真を渡すと、東條が困惑の表情を浮かべた。

「どうした？」

「興信所に現われた女性が国分さんなら、別の意味で困ったことになると思って――。だって、島崎智輝さんと国分さんに辿り着いた経緯を上司や仲間達に訊かれたら、どう答えていいか」

暗に『前世の話なんかしたら熱でもあるのかと言われる』と言いたいのだ。

「じゃあ、こうしたらどうだ？　ネタ元は槙野だけど、守秘義務があって二人に辿り着いた経緯は話せないと言っていると」

「そう説明するしかありませんね」

5

鏡探偵事務所を出た東條有紀は、大きな溜息を吐き出した。今までに槙野からは多くの貴重な情報が齎され、今日も大きな期待を胸にしてここに足を運んだが、まさか前世の話が出て、その前世の恨みを晴らすために連続殺人事件が引き起こされているという話を聞かされるとは——。

槙野が『一人できてくれ』といったことも頷ける。あんな話、初対面の人間に聞かせられるわけがないし、こっちも槙野でなければすぐに席を立っていただろう。とはいえ、興信所に現われた女が国分秀美かどうかの確認はしなければならない。

問題は、興信所に現われた女が国分秀美だった場合だ。どうして綿貫のことを調べさせ、戸籍上は完全に無縁の島崎智輝を家に入れたのか？　滝田康夫殺しの容疑者にしても、槙野が言ったように国分秀美である可能性は残る。

彼女は何者だ？　前世の概念など必要ない、もっと現実的な理由で島崎智輝と行動を共にしたのではないのか？　渡瀬という精神科医にしても、他意なく島崎智輝に催眠療法を施したのか？

しかし、現在入手している情報を精査しても答えは出ず、ぽっかり空いた穴のように、一連の事件の中心を黒く覆い隠すだけだった。

改めて国分秀美の写真を見た。品の良さそうな綺麗な女性だ。北尾酒造の女将の妹だからどことなく面影が似ている気がする。

それから新宿の興信所に電話したところ、『少しなら時間が取れる。品川まできてくれるのなら会う』という返事をもらい、指定された待ち合わせ場所に向かった。ＪＲ品川駅前の品川プリンスホテル一階ティーラウンジ。

地下鉄の駅の手前で里田が電話を寄こした。職務規定違反を承知の上で単独行動させて欲しいと彼に頼み、槙野に会ったのだった。

「勝手言って申しわけありませんでした」

《いいえ。さっきうちの課長から電話があって、留浦の山藤ビルに入っていたサラ金業者のことが分かりました。後藤さんが経営していたそうです》

「やっぱり――。これから例の探偵と会うことになりました。すぐに品川プリンスホテルの一階ティーラウンジまできてください」


待ち合わせ場所のティーラウンジの席に着くと、ほどなくして里田がやってきた。

「東條さん、進展があったんですか？」

「進展と言えるかどうか――」

答えた矢先、里田が「あっ、きました」と言った。

彼の視線を追う。

あの探偵だ。

有紀が手を挙げると、探偵が「お待たせしました」と言って近づいてきた。

礼を言って席を勧める。

ウエイトレスがオーダーを取りにきたが、探偵は「すぐに出るから」と言って有紀に目を振り向けた。

「お話って？　手短にお願いしますよ」

国分秀美の顔写真を渡した。

「綿貫さんの調査を依頼した女性、その人物じゃありませんか？」

「どうかなぁ。前に言いましたけど、彼女はサングラスをしていたから目元が見えなくて――。この女性のような気もするけど、違うかもしれないし」

収穫なしか。

「他にご用は？」

「ありません。ご協力、感謝します」

探偵が席を立ち、足早にティーラウンジを出て行った。

「東條さん。どこでその写真を？」

あなたには関係ないこと。そう言いたいのは山々だが、そう言うと身も蓋もない。「極秘の伝手で手に入れました」と答えておいた。

「ほう～、さすがは本庁の刑事さんですね。情報屋ってやつですか？　だからさっき、単独行動をしたいと仰ったんですね」

「まあそんなところです」

改めて思案した。槙野の情報はあまりにも現実とかけ離れているし、このまま握り潰すのが無難ではある。とはいえ、過去の事件で槙野がどれほどの貢献をしてきたか。もし槙野の情報が正しければ、情報を握り潰した後悔の中で歳を重ねることになるだろう。そんな後悔を引きずるくらいなら、思い切って槙野に賭ける道を選ぶべきか。二人を調べることで隠れていた事実が、前世の概念とは無縁の真実が鮮明に浮かび上がる可能性もある。通常なら計算式から回答を導き出す作業を、回答から計算式を説明する作業に置き換えてみるのも一つの方法か。緊急ミーティングを要請することにした。

「里田さん、職務規定違反ついでにもう一つお願いが」

「何でしょう？」

「長野県諏訪市に渡瀬クリニックという精神科医院があるんですけど、そこの院長の詳細を調べていただけませんか？　女医さんです」

「お医者さん――ですか」

「はい。情報屋の証言がちょっと気になるもので――」

「分かりました。これから行ってきます」

里田の背中を見送って槙野を呼び出した。

《おう。どうだった？》

「探偵に会って国分秀美さんの写真を見てもらいましたが、分からないそうです」

二班の緊急ミーティングは、刑事部屋と同フロアーにある小会議室で午後八時から始まった。

仲間達が見つめる中で「情報提供がありました」と告げる。

「情報提供者は？」

長谷川が訊く。

「槙野さんです」

「やっぱりか。で、何だって？」

「調査の過程で、重要参考人に値する人物を二人見つけたと」

「ホントかよ！」と内山が言う。

「でも、守秘義務があってその二人に辿り着いた経緯は明かせないって」

「どんな人物だ？」

楢本が訊く。

「名前は島崎智輝、島国の島に茅ヶ崎の崎、叡智の智に輝くと書きます。もう一人は国分秀美、国家の国に分母の分、秀でるに美しいと書きます。島崎智輝は現在十九歳、学生ですが作家としての側面もあり、ペンネームは月城恭介」

「月城恭介！」

内山が頭の天辺から声を出す。

「そうだけど？」

「あの、ミステリー作家のか？」

「うん」

「驚いたな」

「私もビックリ。あんたが作家の名前を知っているなんてね。エロ本しか見ないと思ってたけど」

横にいる元木が、下を向いて必死で笑いを堪えている。

「喧嘩売ってんのか、お前」

「へぇ～、図星だった？」

「やめんか二人とも」楢本が割って入る。「女の方は？」

「立川市在住の専業主婦、年齢は五十四歳」有紀は長谷川を見た。「槙野さんが言うには、この二人が後藤さんと綿貫さんの殺しに深く関与しているんじゃないかと」

「だが、どうしてそこまで調べられたんだ？」

「さあ？」

惚けるしかない。

「東條」と楢本が言う。「新宿の興信所に現われたのも女だったよな」

「はい。ですから、あの探偵に会って国分秀美の写真を見てもらいました。でも、分からないと。班長、どうしましょう？　槙野さんの情報、今まで空振りしたことはありませんが」

「見切り発車だが、島崎智輝と国分秀美を内偵してみようか。東條、槙野に言っとけ。近いうちに経緯説明を求めるってな」

「伝えておきます」

さて、どう説明するのやら？

やがて解散となって本庁舎を出ると、綿貫の同居女性から電話があった。綿貫の密葬が終わったそうで所持品を見せるという。明日の午前十時に会うことになった。

＊＊＊

六月二十八日――

有紀が綿貫の自宅のインターホンを押すと、ドアが開いて同居女性が顔を見せた。

「ご協力感謝します」

「どうぞ」

それから慎重に綿貫の遺品をチェックしていった。

そしてアルバムを開いたところ、曙酒造の酒蔵前で撮った写真を数枚見つけた。木戸に『曙酒造』と書かれている。一番古いものは三十七年前のもので、若かりし頃の綿貫が木戸の前でしゃがんでいた。集合写真もあって、それには滝田幸秀も、北尾酒造の立石も、滝田康夫も写っている。だが、最後まで見たが後藤らしき人物は写っていなかった。

同居女性に目を向ける。

「綿貫さんの携帯を覗かれたことはありますか？」

「いいえ。それはルール違反だと思っていましたから」

律儀な女性だ。

遺品を調べ終わったのは二時間ほどしてからで、テレビからは昼のニュースが流れていた。特に留意するような物はないが、他のメンバー達にも見せたいから持ち帰ることにした。

「綿貫さんの遺品、お借りできますか？」

「かまいませんよ」

「ありがとうございます」

持参した大型バッグに遺品を詰め込んだ有紀は、辞去することにした。

そして玄関まできたところで下駄箱が目に入り、ふと思った。

綿貫は強盗傷害事件を起こしている前科者だ。只の被害者と考えていいものか？　それに、足のサイズは二七・五センチだった。解剖室でも思ったが、仲間割れの末に殺された可能性もあるのではないか？

「綿貫さんの靴は」

「まだ処分していません」

「スニーカーもありますか？」

「ええ」

携帯を出して鑑識を呼び出した。後藤の殺害現場に残っていた足跡と、この下駄箱の中にあるスニーカーとの照合だ。

小会議室で綿貫の遺品をチェックし直していると鑑識から電話があった。さっきの推理が当たっていれば捜査は大きく前進する。

「東條です。どうでした？」

《依頼されたスニーカーですが、靴底に付着していた土と奥多摩の山中から回収した土は同種のものです。それと、奥多摩の山中で取った足跡とも一致》

綿貫が後藤殺しの片割れだ！

仲間割れの末に殺されたと考えて間違いあるまい。槇野の推理は外れだった。島崎智輝が転生したとするなら、自分を殺した綿貫と手を組むはずがないのである。

しかし、綿貫殺しには女が絡んでいる。そして後藤の殺害現場に残されていたもう一つの靴のサイズは二六センチ。槇野も言っていたが、そのサイズなら爪先に詰め物をすれば女性だって十分履ける。男性二人組の犯行と思わせるため、わざと大きいサイズのスニーカーを履いたのではないのか？　とはいえ、綿貫の殺害現場に残されていた足跡は一つだけ。女の単独犯行？

不可能ではない。綿貫の遺体は滑車を使って吊るされていたから、何度も熱湯に漬けるために犯人が滑車を使ったと推理したが、女性故の非力がさせたことが奇しくも犯人にとって好都合に働いたのかもしれない。

島崎智輝は無関係で、国分秀美だけが関与を？　頭がこんがらがってくる。

まずは報告だ。長谷川を呼び出して鑑識の結果を伝えた。

《想定外の展開だな。綿貫が後藤さん殺害に関係していたとは》

「仲間割れの末に殺された、と考えて良さそうですね」

《ああ。それと、さっき楢さんから電話があった。国分秀美の夫、十三年前に塩素ガス自殺していたそうだ》

「塩素ガス！」

滝田康夫の殺害にも同じく塩素ガスが使われた。今度は槙野の推理が当たったか？　国分秀美にはきっと裏の顔がある。

《偶然とは思えんな》と長谷川が言った。《午後六時からミーティングだ》

通話を終えると、ほどなくして里田から電話があった。

「渡瀬医師のこと分かりました？」

《はい。フルネームは渡瀬博子、年齢は四十九歳、既婚。子供は男女一人ずつで、夫は諏訪市総合病院で内科医をしています。彼女は諏訪市出身で本籍地も同じ、小中高校と地元の公立に通い、長野大学医学部に進学。卒業後も同大学の精神神経科で勤務して、二十九歳で博士号を取得。クリニックを開業したのは五年前で現在に至っています。以上ですが》

国分秀美との接点は見えてこない。無論、曙酒造とも連続逆さ吊り殺人との接点も——。

継続して島崎智輝と国分秀美をマークし続けるしかなさそうだ。

第四章

七月二十七日——

1

島崎智輝の調査を終えてから約ひと月、新たな依頼として持ち込まれた浮気調査をやっと昨日終えた槙野は、朝から事務所の電話番をしていた。事務員の高畑が休んでいるのである。交通事故で入院していた彼女の夫が、今日、無事に退院することになったのだ。

それにしても、連続逆さ吊り殺人に関する新たな情報がない。捜査が暗礁に乗り上げたのだろうか？　東條は連絡してこないが、島崎智輝と国分秀美を調べているのだろうか？

ワイドショーはというと、既存の情報をネタにしてトンデモ推理を繰り広げ、中には連続逆さ吊り殺人を扱わないテレビ局も出てくる始末。

依頼がないまま昼を迎えようとした時、事務所のガラスドアが開いた。

入ってきた男性を見て我が目を疑った。島崎智輝ではないか！　それも、思い詰めたような表情をしているのである。

どういうことだ？　どうして智輝がここにきた？

目を泳がせていると、「槙野さんって方、いますか？」と智輝が言った。

こっちの名前を知っているということは、母親から聞かされたのか？

戸惑いつつ「私だけど」と答え、席を立ってカウンターまで移動した。

「あなたですか――。僕のこと、知ってますよね」

「一応――。お母さんからの依頼で君の行方を探したからね」答えたところで携帯が鳴った。東條からだ。「ちょっと失礼」と言って通話マークをタップする。「どうした？」

《島崎智輝がそちらの事務所に現われたでしょう？》

尾行していたのか！

東條がどういった説明をしたかは知らないが、長谷川はこっちの情報を信じて島崎智輝と国分秀美の内偵を指示してくれたようだ。

智輝と距離を取り、「きてる。驚いたよ」と小声で答えた。

《話の内容、私にも聞かせていただけませんか？》

島崎智輝のことを東條に教えたのは自分なのだ。断ることはできなかった。

「分かった。携帯をスピーカーモードにしておく」

《助かります》

智輝の許に戻り、改めて「ところで、どういったご用件？」と尋ねた。

「母が行方不明なんです」

「えっ！」と言ったまま固まってしまった。「行方不明？」

「そうです」

「いつから？」

「一週間前からです。方々尋ね回っても見つからず、行く先の手がかりがないかと母の部屋を調べたら、この探偵事務所の封筒と中にあった報告書を見つけました。最初は、父が浮気して母が興信所に調査依頼したに違いないと思い、母が失踪したのは父の浮気が原因だと決めつけました。それで報告書を読んだら、何と僕のことが書かれてあるじゃないですか。報告書にはあなたの署名がありましたから、母の行方について心当たりがないか尋ねてみようと思ってここにきたんです。だけど、その様子だと心当たりはなさそうですね」

「残念だけど――」

「槙野さん。僕のこと、かなり調べたようですね。前世についても――」

本人の口から前世のことが語られるとは――。

「にわかには信じられなかったが、調査を進めるに従って生まれ変わりを信じざるを得なくなったよ。君は滝田幸秀だな、三十一年前に殺された」

「そうです」

「殺したのは後藤と綿貫」

滝田康夫と国分秀美の名前は出さなかった。関与したとは思うが憶測の域を出ない。違っていたら智輝は激怒して出ていくだろう。向こうから飛び込んできてくれた千載一遇のチャンス、みすみす逃すことはできなかった。

智輝が大きく息を吐き出す。

「そこまで調べ上げたなんて――」

否定しないということは事実か。だが、康夫と国分秀美は？

事情は分かったものの、クライアントは、いや、もうクライアントではない。島崎京香はどうして姿を消した？　彼女は連続逆さ吊り殺人と三十一年前の滝田幸秀の死が関連していることを知っている。その疑惑の渦に巻き込まれたとは考えられないか？　だとすると、少なくとも京香の失踪に国分秀美は関与していないことになる。警察の監視下にあるはずだし、人を拉致などしたら一発でアウトだ。

「お母さんのこと、警察には？」

「勿論警察には行きましたよ。でも、今のところ連絡はありません。最後に母と会った時、何か言っていませんでしたか？」

槙野は首筋を掻いた。

「お母さんと最後に会ったのはひと月ほど前だけど、怒って帰ってしまわれてね」

「どうして母は怒ったんですか？」

「息子さんは、巷を騒がせている連続逆さ吊り殺人事件の容疑者かもしれない。そう言ったんだ」

「僕が⁉」

「そう。三十一年前に殺された仇討ちのためにと」

「そんなことしませんよ」

「俺の誤解だったと今分かったよ。君が犯人なら俺に会いにくるわけがない。俺は君の前世を知ってるんだから」

ヘボ推理を組み立てた自分が腹立たしい。

「母はかなり怒ったんじゃありませんか？」

「そうだ。ちょっと怖いぐらいに——」

「やっぱりね」

「前にも同じようなことが？」

「何度も——。僕が学校でイジメられた時とか、近所のガキ大将にイジメられた時とか——。イジメた相手の家に怒鳴り込んで、そのイジメた相手と母親を引っ叩いたこともあります」

京香のあの豹変ぶりからするとむべなるかな。

「僕のことになると母は人が変わるんです。愛してくれていることは嬉しいんですけど、度が過ぎるというか——。実は、母は僕を生んだあとで卵巣ガンを患って子供が産めなくなりました。弟か妹、いえ、兄や姉がいたら、母もそこまでにはならなかったと思いますけど」

どんな理由があるにせよ、子離れできない母親に変わりはない。

智輝を疑った理由を話すと、智輝は時折、頷きを交えながらこっちの話に聞き入っていた。しかし、滝田康夫のことに触れた途端に「待って下さい」と言った。

「康夫が殺されたって本当ですか？」

「知らなかったのか？」

意外だった。

「ええ——。あいつが殺された……」

「殺されたのは二年前、しかも、塩素ガスでだ」かなり巷を騒がせた事件だったが、智輝が前世の記憶を取り戻したのは最近だ。二年前の被害者の名前など憶えていなかったのだろう。「前世の記憶を取り戻した後、康夫に会うまでしなくても、どうしているかとか思わなかったのかい？」

「思うわけないでしょう、僕を殺した奴なんですよ！　顔なんか見たくもない」

智輝の語気が荒くなった。

康夫は幸秀殺しに関与していた。平気で兄を殺す男なら、血の繋がりのない娘に手を出しても不思議ではない。やはり鬼畜だったか。それよりも国分秀美だ。彼女なら塩素ガス殺人を知り得たはずではないか。北尾酒造の女将も杜氏の立石も、『被害者は曙酒造の滝田康夫ではないかと危惧した』と言っていたから、国分秀美も同じ感情を持ち、『あなたの弟の康夫さんは二年前に殺されたかもしれない』くらいは智輝に話しても良さそうなものだが——。どうしてだ？　どうして国分秀美は塩素ガス殺人のことを智輝に教えなかった？

智輝の表情がいっそう険しくなっていく。

「それなら、後藤と綿貫にも会う気はなかった？　二人とも前世の君の殺害に関与したけど」

「当然です。確かに、あの三人は憎いですよ。殺してやりたいと思ったことも事実です。だけど、今の僕に何ができます？　身体だって鍛えていないし、仇を討つなんて不可能ですよ。何より、人殺しになったら両親がどれほど悲しむか……」

「じゃあ、君が家を出たのは？」

「しばらくの間、秀美と二人きりで過ごしたかったからです。殺される間際、僕の心を支配したのは怒りでも恨みでもなく、彼女への想いだけでした。僕が死んだらどれほど悲しむだろうとか、せめてひと目会ってから死にたいとか、遺された彼女の行く末とか……」

智輝が洟を啜る。目にも涙が滲んでいた。

「だから国分秀美さんの家にいたんだね」

「ええ――」

「連続逆さ吊り殺人のこと、どう思った？」

「後藤が殺されたことは驚きでした。でも、あいつは悪党だし、あいつを恨んでいる誰かが殺したんだろうとしか思いませんでした。さすがに綿貫まで殺されたと知った時は唖然としましたけど、綿貫は後藤の手下同然の奴でしたから、後藤と二人で別の凶悪犯罪を犯し、後藤を殺した犯人に殺されたんだと――。康夫までもが殺されたと知っていたら、そうは思わなかったでしょうけどね」

「君を疑って申しわけない」

「誤解が晴れたのならそれでいいです。それより母の行方が――」

調査は終わったが、彼女を放っておくわけにはいかない。

「君の前世の記憶の中に、お母さんが失踪した理由が隠されているかもしれない。滝田幸秀だった時、どうして殺された？」

智輝が目を伏せる。話そうか話すまいか、逡巡しているのだろう。

「迷ってる場合じゃないだろう。お母さんの行方を摑みたくないのか？」

ようやく、智輝が頷いた。

「康夫との不仲が原因です。康夫はずっと僕を、いえ、滝田幸秀を恨んでいたんですよ」

「ややこしいから僕でいいよ」

「そうします――。でも、あいつが僕に殺意まで抱いていたなんて知らなかった」

「康夫はかなりグレていたんだって？」

「そうなんです。ヤクザまがいの連中ともつるんでいて、酒蔵の金を持ち出したことも一度や二度じゃなかった。他にも色々と悪さをするもんだから、母が――。滝田家の母ですけど」

「分かってる」

「母はいつも康夫のことを嘆いていました。ですから僕は、しょっちゅう康夫をぶん殴って説教したんです。そして滝田の父が急逝して曙酒造を継いだんですけど、あの日、あいつはこう言いました。『兄貴、俺は心を入れ替える。一緒に酒蔵を盛り立てていこう』って。それで和解して、酒でも酌み交わそうかという話になったんです」

「どこで飲んだ？」

「酒蔵の敷地内にあった自宅です。駅前の小料理屋を予約しようと言ったら、家で飲もうと康夫が言うものですから。仕事を終えてしばらくすると、康夫が出先から帰ってきて酒盛りが始まりました。あいつは『今まですまなかった。すまなかった』と言って泣き、僕も『厳しくし過ぎて悪かった』と謝ったんです。兄弟の絆を取り戻したという思いから酒も進み、酔いもかなり回りました。足元もおぼつかなくなってね。その時です、康夫が豹変したのは――。あいつが『おい！』と叫ぶと後藤と綿貫が踏み込んできて、いきなり僕を掴んで床に転がしたんですよ。それから後藤が僕の背中に乗って、綿貫が僕の両腕を後ろ手にしてガムテープで縛りました。僕だってラグビーをしていましたから腕力には自信があったんですが、さすがに酔った状態で三人に押さえ込まれたら動けなくてね。そうしたら康夫が、『おめでたい野郎だ』と言い捨てて、僕の口にガムテープを貼ったんです」

智輝が唇を嚙む。

「そして蔵に連れて行かれた？」

「はい。後藤が蔵の梁にロープをかけて先端を輪にしました。首吊りに見せかける気だと直感したんですけど、為す術もなく首にロープがかけられました。康夫はこう言いましたよ。『滝田家の財産は俺のものだ』と。すぐに後藤も、『俺にも半分分けてくれるってよ』って」

恐らく後藤は、康夫の取り分まで買い取ったのだろう。そして曙酒造の全てを自分のものにした。

「綿貫は？」

「無言でした。大方、後藤に命じられて手を貸したんでしょう。康夫のやつ、一人では僕を殺せないと考えて後藤と綿貫を仲間に引き入れたんです。ロープが絞まった時は苦しかった……」

智輝が、声を絞り出すようにして訴える。

「さっきも言いましたけど、苦しみの中で浮かんだのは秀美の顔と、白無垢《しろむく》の花嫁姿でした。本当なら今頃は、二人で孫を抱いていたかもしれません」

この世に想いを残して死ななければならなかった幸秀、いや、今は智輝となった魂の無念を思うと胸が締めつけられる。

「そのうち意識が遠くなって苦しみも感じなくなり、気が付いたら蔵の天井辺りから首を吊っている僕を見下ろしていました。そうしたら身体が上に引っ張られ、天井を突き抜けて外に――。上を向くと眩い光の塊があって、そこに吸い込まれて行ったんです」

「あの世ってやつ？」

「分かりません。三途の川も見なかったし、死んだ両親や祖父母にも会いませんでした」

死後の世界感は千差万別ということか。

「意識はどこまであった？」

「光の塊の中まで。正に光の渦でした。そして気が付いたら母の胎内にいたんです」

智輝は十九歳だから、幸秀の死後十二年してから転生したことになる。では、一瞬で十二年の時を飛び越えたということか。だが、その話を疑う気持ちは起きなかった。目の前に幸秀の生まれ変わりである智輝が確かにいるのだ。生まれ変わりがあるのなら時間軸の不思議だってあるだろう。時間の感覚は、この世に生きている人間にしか当てはまらないのかもしれない。

「よく話してくれたね。国分秀美さんの家を出てから、君は何をしていた？」

「ずっと作品を書くことに没頭していました」

「作品？」

「前世をテーマに、というか、僕の経験をベースにしたホラーミステリーです。自宅じゃないと筆が進まないんです。それに、秀美にはいつでも会えますから」

「そうだね。彼女は一人暮らしだし――」残念ながら、今の証言の中に京香の居所に繋がるようなものはない。「最近のお母さんの行動で、おかしいと思ったことは？」

智輝が思案顔になる。

「分かりません。母とは別居していますし、僕の部屋を掃除しにきた時くらいしか会いませんでしたから」

「何でもいい、思い出したことがあれば電話をくれないか。知り合いの刑事にも相談してみるから」

「お願いします」

「君の携帯番号も頼むよ」

番号を告げた智輝が、肩を落としたまま事務所を出て行った。

島崎京香まで行方不明になるとは――。

事務所のドアが開いて東條が入ってきた。

「聞こえていたか?」

「はっきりと――」

「それで、今の心境は?」

「半信半疑としか……。でも、信じるしかなさそうですね。もう二度と、今回のような事件はゴメンです」

「だろうな」

「島崎智輝さんの母親の件、本部に広域捜索依頼をしてみます。彼女の名前は?」

「島崎京香、四十四歳。彼女は運転免許証を持ってるから、顔写真はそっちで入手してくれ」

「分かりました。そうそう、国分秀美ですけど、新たな事実が浮かび上がってきましたよ」

「何かやらかしていたのか？」

「十三年前、彼女の夫が塩素ガス自殺をしていました」

さすがに驚いた。

「ホントかよ！」

「変でしょう？　では、失礼します」


鏡が事務所に戻ったのは夕方で、調査依頼が一件あったことと、智輝と東條がきたことを話した。

鏡が目を瞬かせる。

「島崎智輝がきただと！　どうして？」

「母親が行方不明になってるそうで、行き先に心当たりがないかって」

「おいおい、どうなってんだ？」

「まだありますよ。国分秀美の夫は十三年前に塩素ガスで自殺しています」

鏡が自分の顎を摑む。頭を整理する時に見せるいつもの仕草だ。

「滝田康夫は塩素ガスで殺された。国分秀美の夫、本当に自殺だったのか？」

「どうでしょうね？　東條達も調べていると思いますけど。それより島崎京香さんです、無事だといいんですけど」

「槙野、うちが島崎家と二度も関わったのは何かの縁だ。彼女の安否も心配だし、警察とは別に、お前のやり方で行方を探せ」

「了解です」

そうこなければ！

2

七月三十日　午前八時——

官舎を出た東條有紀は、重い足取りで最寄り駅に向かった。捜査は膠着《こうちゃく》状態となっており、国分秀美にも動きがないまま日々は過ぎている。島崎京香の消息も未だ摑めていない。

駅が見えたところで携帯が鳴った。長谷川からだ。

国分秀美が動いたか？　それとも——。

《島崎京香のことで埼玉県警から情報提供があった》

眉根が寄る。無事か⁉

《彼女に似た刺殺体が発見されたそうだ》

「刺殺体？」

別人であって欲しいが——。

《見つかったのは秩父市の郊外にある空き地。第一発見者は昆虫採集をしていた小学生二人だそうだ》

メモに書き留めた。

《さて、埼玉県警がどこまで突っ込んでくるか？　広域捜索依頼を出したのはこっちだし》

「理由は伏せておくべきかと。他県の捜査一課まで出てきたら、引っ掻き回されて収拾がつかなくなる恐れが」
《それが賢明か。内偵段階で何も話せないと伝えておけ》
「はい」
《遺体は秩父警察署に運ばれたそうだから急行しろ》
捜査担当者の名前を聞いて通話を終え、里田に連絡して秩父警察署で落ち合うことになった。

落ち着かぬまま秩父警察署に辿り着いたが、里田はまだきていなかった。

受付で担当者を呼んでもらうと、現われたのは優しそうな眼差しの小柄な中年男性だった。

互いに挨拶して名刺交換を終えた。

「ところで、警視庁さんは島崎さんの何を調べているんですか？」

やっぱりきた。

「上からの指示で、お答えできないことになっています」

「それじゃ困るんですよねぇ。今回の事件は我々の管轄内で起きていますし」

「まだ内偵段階で、断言できる情報がないんです。ご理解ください」

深く腰を折った。

「困ったなぁ――」

担当者が首筋を掻く。

連続逆さ吊り殺人に関係している可能性が高いと知れば目の色を変えるに違いない。

「近いうちに必ず、そちらのご希望に沿えるようにいたします。どうか今日のところは――」

ようやく、担当者が頷いてくれた。

「分かりました。じゃあ、そういうことで」

「ありがとうございます」

「遺体は地下の安置室です。ついてきてください」

担当者の背中を見ながら地下に下り、遺体安置室に辿り着いた。

「かなり臭いますから」

この暑さだ。覚悟はしている。

鉄の扉が押し開かれると、顔に白い布がかけられた遺体が中央で眠っていた。確かに臭う。

二人で遺体の横に立って手を合わせる。

そこへ里田が入ってきた。「遅くなりました」と言って有紀の右横に並び、ハンカチで鼻と口を押さえた。

担当者が布を外すと、その下の顔は腐乱しかけていた。しかし、まだ原形を留めており、島崎京香の運転免許証の写真に近いと思われる。顔と腕には擦過傷があって、首の左側に長さ一〇センチ弱の切創。これが致命傷か。恐らく、傷は頸動脈まで達しているだろう。しかし、連続逆さ吊り殺人の手口と違う。別の事件に巻き込まれたのか？　それとも同一犯の仕業で、手口だけを変えたのか？

顔と腕の傷を凝視した。

これは――。爪痕か？

「顔と腕の傷、引っ掻き傷みたいですね」

「ええ。誰かと争ったと見ているんですが」

「他に傷は？」

「ありません。発見が遅れたのは、空き地に腰の高さまでの草が生い茂っていたせいでしょう。死亡推定日は一週間ほど前ではないかと」

島崎京香が失踪した時期と概ね合致する。

「これから解剖に回します」

推理の続きは解剖結果を聞いてからだ。

「もう結構です。ありがとうございました」

遺体安置室を出ると、目前に男性二人と女性警官がいた。一人は島崎智輝、もう一人は憔悴した様子の、それでいて身なりの整った中年男性である。智輝の父親だろう。埼玉県警からの要請で遺体の身元確認にきたのだ。

女性警官が、「こちら、島崎さんです」と担当者に言う。

「確認していただけますか」

二人が頷き、担当者に促されて安置室に入って行った。

「どうなんでしょう？　島崎さんでしょうか？」

里田が言う。

「そうでないことを祈りたいですね。もしも島崎さんなら、ご主人と息子さんから話を訊かなければなりません」

それからすぐ、「母さん！」の声がドア越しに聞こえた。遺体は島崎京香と断定された瞬間だった。父親も「京香！」と叫んでいる。

遺体に縋る二人が見えるようだ。唇を噛み締めているに違いなかった。

担当者が安置室から出てきた。

「島崎京香さんと確認されました」


秩父警察署を出て長谷川に報告した。次いで槙野を呼び出す。彼にも知らせておいた方がいいと判断した。

呼び出し音が、《おう》の声に変わる。

「島崎京香さん、見つかりましたよ」

こっちの声のニュアンスから感じ取ったようで、返事はすぐになかった。ややあって、息を呑む気配が携帯越しに伝わってくる。

《悪い知らせか？》

「残念ながら……」

《――嘘だろう……》

槙野は天を仰いでいることだろう。

「ついさっき、家族によって身元が確認されました」
《智輝がきたんだな》
「父親と一緒に」
《また逆さ吊りか？》
「いいえ。刺殺体で発見され、腐乱の初期段階でした。首を切られたことが死因だと思います。発見現場は埼玉県秩父市の郊外にある空き地」
《連続逆さ吊り殺人と手口が違うじゃねぇか》
「そうなんです」
事態は混迷を深めるばかりで真相の欠片さえ見えてこない。それから遺体の状態についても詳しく話した。
《引っ掻き傷ねぇ――》
「はい。誰かと争ったことは確かなようですけど、抵抗したのではなく、相手から抵抗されたのではないでしょうか？」
《だよな――。拉致されたのなら、スタンガンの電流痕とか打撲痕とか擦過傷が残るはずだ。益々分からなくなってきた。どうなってんだ？》
「島崎京香さんと先に殺された三人の接点も見えてきませんしね」
《国分秀美に動きは？》
「ありません」

3

槙野は、島崎京香が殺されたことで半ば虚脱状態のまま帰宅した。報告を受けた鏡も絶句し、遂には目頭まで押さえていた。それから、『俺達はここまでだ。あとは警察に任せよう』と力なく言ったのだった。

恒例のニコルのお帰り攻撃が煩わしく、「今日はかまってやる気力がねぇ。大人しくしてろ」と言い聞かせた。

キッチンから出てきた麻子が、「どうしたの？　顔色悪いわよ」と言う。

「色々あってな——。悪いけど、飯いらねぇ」

「ちょっと、そんなに具合悪いの？」

麻子が額に手を当ててくる。

「熱はないわね」

「身体は何ともねぇが、心がやられちまったんだ。もう寝る」

ショルダーバッグを麻子に渡し、さっさと寝室に転がり込んだ。パジャマに着替えてベッドに入る。すると、「電話よ」の声が聞こえた。携帯をショルダーバッグの中に入れたままだった。充電することも忘れている。

溜息をついて起き上がり、リビングに行ってショルダーバッグを開けた。電話を寄越したのは鏡だった。
「もしもし……」
《声が死んでるな》
「所長こそ――」
《連絡事項だ。お前が帰ってから調査依頼が二件あってな》
「断わったんでしょ」
《いや、受けた》
「大丈夫なんですか？　所長は昨日の依頼を担当するし、早瀬は浮気調査を継続中、俺は空きましたけど、もう一件はどうするんですか？」
《先生に頼んだ。ほら、先月、先生と飯食いに行ったろ》
「ええ」
《あの時に、『僕一人でもできるような調査があったら回してください』って言われたんだ。よほど切羽詰まってるんだなぁ》
高坂はさぞ喜んでいることだろう。
「優しいですね」それが鏡のいいところなのだが――。「所長。真面目な提案ですけど、先生を本雇いにしたらどうです？」
《そいつは無理だろ。先生にだって弁護士としてのプライドがあるだろうから》
「そうですね。それで、先生が担当する調査って？」

《ただの浮気調査だよ。それはいいんだが、先生に電話した時、妙なことを言っていてなぁ――。『例の島崎智輝の調査で一つ分からないことがあるんですよ』って》
「分からないこと？」
《うん。出先にいたみたいで、電車に乗り遅れそうだから詳しいことは明日話しますと言ってたけど。明日、先生が事務所にきたら尋ねてみろ》
「はい」
通話を終えて高坂の顔を思い浮かべた。分からないこととは何だ？　その疑問が島崎京香殺しに繫がるかもしれない。そう思うと少し元気が出てきた。
「麻子。やっぱ飯食う」

＊＊＊

七月三十一日　午前九時前――

槙野が事務所に顔を出すと、事務員の高畑が満面の笑みで「おはようございます」と言った。旦那が退院して嬉しいのだろう。いつにも増して化粧が濃い。

「おはよ。ご主人、退院できてよかったね」

「お陰様で――。ご迷惑をおかけしました」

「いいって」

するとと鏡が「槙野」と言い、おいでおいでと手招きした。

「おはようございます」

「お前のデスクにクライアントの話を纏めたコピー用紙を置いてあるから読んでみろ。浮気調査だ」

「はい」

「じゃあ、俺は出かけるから、先生がきたらこの封筒を渡してくれ。調査対象者の写真とデータが入ってる」

「行ってらっしゃい」

鏡を見送ってデスクチェアーに座ると、ほどなくして事務所のドアが開いた。

高坂が「おはようございます」と言いながら入ってくる。

「おう」と声を返す。「所長から聞いたよ。しっかりな」

「はい」

「なあ、先生。この間の調査で分からないことがあるんだって？」

「ああ、そうなんですよ」

「何だよ、分からないことって？」

「大したことじゃないんですけど――。島崎智輝が、どうやって国分秀美さんを見つけたのかなと思って。それの説明を受けていなかったことを思い出したものですから」

言われてみれば確かにそうだ。死別してから三十一年も経っているのだから、そう簡単に彼女を見つけられるわけがない。

「興信所かな？　裕福な家の子だし、調査費用なんか屁でもねぇだろ」

「興信所なんか使わなくても、もっと簡単に見つけられる方法がありますよ。国分秀美さんの身内に尋ねること。適当な理由をつければ訊き出せるんじゃないですか？　それがダメで興信所を使った可能性はありますけど」

「北尾酒造の女将に智輝の写真を見せたら知らないって言ってたじゃねぇか」

「彼女以外の身内から聞いたのかもしれませんよ？」

「それは有り得るか――。まあ、もう調査は終わったんだからどうでもいいことさ。それより仕事仕事」立ち上がり、鏡のデスクの上の封筒を高坂に渡した。「調査対象者のデータだとさ」

「拝見します」

高坂の肩を叩いて「じゃあ、頼んだぞ」と言い、事務所を出て車に乗った。だが、高坂の言ったことが気になってきた。島崎智輝が会ったかもしれない国分秀美の身内のことである。

一応、確かめてみるか――。

島崎智輝の携帯にかけたが出ない。少し時間を置いてかけ直したが同じだった。母親が殺されたのだ。憔悴して電話に出る気力がないのかもしれない。それなら何度かけても同じこと。

仕方がない、こっちで調べるか。鏡を呼び出した。

《どうした？》

「例の人物に調べてもらいたいことが。国分秀美の全戸籍です」

普通戸籍なら結婚後に新戸籍となり、夫と子供しか表記されないが、全戸籍なら両親と兄弟姉妹も記載されている。

「国分秀美の？」

「はい。先生が言ったこと、気になって」

高坂の話を伝えた。

「確かに、そこには気付かなかったな。分かった、調べてもらう」

調査対象者の家を睨みつけていると鏡から電話がかかってきた。
「どうでした？」
《両親は死亡で兄弟《きょうだい》は姉が一人だけ》
「北尾酒造の女将だけ？」
《そうだ、名前は雪江《ゆきえ》。粉雪の雪に入江の江と書くんだが、変だよなぁ》
「ええ――」
《お、出てきた。切るぞ》
北尾雪江が嘘を言った？
独りごちると着信があった。智輝からだ。
「さっき電話したんだよ」
《車を運転していたんです。出られなくて》
「お母さんのこと、何と言っていいか――」

《犯人を見つけたら殺してやります》

自分が殺されたことより遥かに大きな怒りなのだろう。気持ちは痛いほど分かる。

「一つ教えて欲しいことがあるんだけど、君はどうやって国分秀美さんの家を見つけ出したんだ？」

《彼女のお姉さんに教えてもらったんです。それがどうかしましたか？》

北尾雪江の意図が分かるまでは何も話さない方がいいような気がする。下手に彼女に接触されたら事態が思わぬ方向に動くかもしれない。

「大したことじゃないんだ。そのことだけ調べてなかったから気になってさ。智輝君、元気を出せと言っても今は無理だろうけど、気をしっかり持ってくれ。じゃあ」

携帯を切り、北尾雪江の顔を思い浮かべた。どうして智輝を知らないと言った？

そう言えば——。

興信所で綿貫のことを調べた女、国分秀美かどうか分からなかったと東條は言っていた。滝田康夫殺しの容疑者も女——。どちらも北尾雪江である可能性は？　それに、国分秀美の夫は十三年前に塩素ガスで自殺した。当然、北尾雪江は義理の弟の死因である塩素ガス発生のメカニズムを知っているはず。だから塩素ガスをヒントにして滝田康夫殺害計画を立てたとは考えられないか？　もしそうなら事態は急転直下する。

そうだった！　雪江は滝田幸秀の許嫁でもあった。

こうしてはいられない。急いで東條を呼び出した。

《どうしました？》

沈んだ声だ。
「元気ねぇな」
《ええ、ありません。島崎京香さんまで殺されたのに何一つ進展がありませんから。これから捜査会議なんですけど、『何やってんだ！』って管理官の怒声が聞こえてくるようで》
「元気が出るようにしてやろうか」
《え？》
「ノーマークだった人物が浮かび上がってきた。国分秀美に近しい存在だ。そっちも会ってる」
《国分秀美に近しい？　私も会った？》
ややあって、東條が答えに辿り着いた。
《まさか、北尾酒造の女将⁉》
彼女のこんな大声を聞いたのは初めてだ。さすがに捜一の鉄仮面も驚いたか。
「そうだ。名前は北尾雪江、粉雪の雪に入江の江と書くんだが、彼女、滝田幸秀の許嫁だったんだ。本人は、許嫁なんて時代錯誤だから嫌だったと言っていたけど」
高坂が抱いた疑問と北尾雪江とのやり取り、智輝の証言を話して聞かせた。
《北尾雪江は、どうして島崎智輝を知らないと言ったんでしょう？》
「深い理由があるんだろう、人に言えないような——。彼女の写真を新宿の興信所に見せたらどうだ？」
《そうですね。彼女が運転免許証を所持しているか調べます。自宅の住所、分かります？》
「いや、酒蔵の住所しか分からねぇ。でも、酒蔵の敷地内に自宅があるかもしれねぇな」

《突き止めます》

4

北尾酒造の住所に住民票がある人物を特定するべく、東條有紀は内線電話で担当部署を呼び出して事情を話した。

待つこと十五分、槙野の勘が当たり、北尾雪江が酒蔵の敷地内に住んでいると分かった。続いて交通課を呼び出し、北尾雪江の運転免許証についても調べてもらった。彼女の住所は群馬県だが、運転免許証については国土交通省の一括管理である。どこに住んでいようと関係ない。

ほどなくして、運転免許証所持の返事があり、免許証のデータを自分のPCに転送してもらった。

興信所にきた女はサングラスをしていたというが、どんなサングラスだったのか？

とりあえずあの探偵に電話してみたところ、すぐに出てくれた。

「警視庁の東條です。もう一度、女性の顔写真を見ていただきたいんですが」

《いいですよ》

「ありがとうございます。例の女性なんですけど、どんなサングラスをしていました？」

《トンボ型っていうんですか？　ほら、ひと昔前の女優さんがよくしていた丸形の大きなやつですよ。色は濃いブラウンでしたけど》

「分かりました。写真の加工に少し時間がかかるかもしれませんが、なるだけ急いでお送りします」

モンタージュを扱う部署に駆け込み、北尾雪江の顔写真にサングラスを合成してもらった。作業はすぐに終わり、そのデータを自分のＰＣに送って刑事部屋に戻った。それから新宿の興信所に顔写真のデータを転送する。

今度こその思いを胸に待つうち、メールの着信通知があった。あの興信所からだ。

息を呑んでメールを開け、思わず拳を握った。

『この女性です。間違いありません』のメッセージだった。

興奮しながら長谷川を呼び出す。

《どうした？》

「新宿の興信所に現われた女、突き止めました！」

《よし！　よくやった、何者だ？》

「国分秀美の姉です。名前は北尾雪江」

《どういうことだ？》

「まだそこまでは——。とりあえず、町田市のマンションの住人にも彼女の写真を見せてみます」

滝田康夫殺しの容疑者はサングラスの他にマスクもしていたというが、『似ている』という証言が取れるだけでも収穫になる。

《明日、北尾雪江を任意で引っ張ってこい》

「はい」

里田に電話して事情を話すと、所轄にも応援要請して訊き込みをすると返事があった。

＊＊＊

八月一日——

午前八時、里田の運転で高崎市を目指した。一般道から首都高速に入る。

滝田康夫が殺されたマンションのことだが、北尾雪江の写真を見せた住人達は誰もが『似ているような気がする』と言っていた。まず間違いなく、康夫殺しは北尾雪江の犯行だろう。当然、後藤と綿貫の殺害にも関与しているはずだ。国分秀美はシロと考えた方がいいか。しかし、そうだとしても、北尾雪江はどうして複数の殺人に手を染めた？　そして島崎京香殺しとの関係は？

携帯が鳴った。槙野からだ。

「東條です。あなたの勘が当たりましたよ」

《やっぱりか！》

「実は今、北尾酒造に向かっています」

《北尾雪江を引っ張りにだな？》

「任意ですけどね」

《テレビの報道、楽しみにしてる》

やがて車は高速を降り、高崎市内を突っ切る形で北尾酒造に到着した。店は営業しており、頭上の杉玉を軽く見てから中に入った。

カウンターには中年女性がいる。

「いらっしゃいませ」

「こういう者です」

警察手帳を提示した。

「女将さん、見つかったんですか！」

女性が明らかに興奮した。だが、どういうことだ？　見つかったのか――とは？

「私達は警視庁の捜査員で、北尾雪江さんを訪ねてきたんですけど」

「え？　見つかったんじゃないんですか……」

「北尾雪江さんが行方不明に？」

「そうなんです――。それで今朝、高崎警察署に捜索願を出しました」

どこに行った？　北尾雪江が捜査線上に浮上したのは昨日、警察関係者は誰も彼女と接触していないのだから、彼女が警察の動きを察知したとは思えない。自ら行方を晦ました？　情報が漏れた可能性もあるのではないか？　あるいは、槙野筋から情報が漏れた？

疑心暗鬼が膨らんでいく。

「最後に彼女を見たのはどなたです？」

「私です。昨日の夜、お店を閉める時に見たのが最後です。そして今朝、お店が閉まったままだったので奥の自宅に行ったら、鍵が開いていて――。でも、女将さんを探してもどこにもいなかったんです。携帯にかけてもずっと留守電だし、だから警察に……」

「北尾さんは一人暮らしを？」

「はい。旦那さんは認知症で施設に入っておられます。お子さんもいませんし」

「北尾さんの自宅に入れてもらえますか？　行き先の手がかりがあるかもしれません」

「どうぞ。こちらです」

店の中を通って裏に出ると、男性数人が蔵の前で作業をしていた。北尾雪江の自宅は蔵の東側にあり、入母屋造りの立派な建物だった。

女性が彼らに、「警察の方よ」と教える。

女性の案内で家の中に入り、里田と手分けして各部屋を調べることにした。

まず、キッチンを覗いた。ガスレンジには土鍋があって中には煮物。この暑さだから意図的に放置したとは考え難い。炊飯器の中にも米があり、炊き上がった状態で保温になったままだ。

出かける気なら料理を冷蔵庫に入れるはずだし、玄関の鍵も掛けて然るべき。

他の部屋も見て回ったが、どこにも争ったような形跡はない。しかし、キッチンの状況といい玄関の鍵が開いていたことといい、携帯にも出ないことといい、失踪したと考えるのが妥当か。

まさか、拉致――。

そこへ、杜氏の立石が入ってきた。

「警察がこられたと聞いてきてみたんですが、あなたでしたか。てっきり、高崎警察署の方かと思いました。警視庁にまで連絡が行ったんですね」

「いいえ、北尾さんに伺いたいことがあってきたらこの有様で――。彼女は拉致されたのかもしれません。何か心当たりは？」

「ありませんよ。でも——まさかそんなことはないか」

「話してください」

立石が女性に目を転じた。

「ちょっと席を外してくれないか」

女性が頷いてキッチンを出ると、立石が改めてこっちを見た。

「私も蔵を任されていますから経営のことは少なからず聞かされていましてね。ここ数年、酒の売れ行きが芳しくなくて赤字経営が続いているんです。それで銀行から融資を受けたんですけど足りなくて、消費者金融から不足分を借りていました」

「借金の焦げ付きがあったんですか？」

「以前は返済を催促する電話がありました。でも、最近はそんな電話なんかなくて——。だから、金銭トラブルってことはないと思うんですけど」

赤字経営の中で蔵を立て直した？

どこかから別の融資を受けたのかもしれない。まさか、妹から？　国分秀美は資産家だと槙野は言っていたし、国分秀美にしても、実家を必死で守ってくれている姉の窮状をみれば放ってはおけないだろう。

「話を変えて恐縮なんですけど、国分秀美さんのご主人は亡くなられていますよね」

「はい。気の毒な亡くなり方で……」

「どんな方でした？」

「温厚な方でしたよ。資産家でもありましたし――」

槙野は国分秀美の財力の源を疑い、曙酒造を売り飛ばした分け前を手にした可能性があると言っていたが、それは違っていた。

しかし、金銭と拉致が結びつくとは思えない。拉致は別の理由だ。事件解決に近づいたと思った矢先の北尾雪江の失踪に、頭を抱えざるを得なかった。

とりあえず長谷川に報告する。外に出て携帯を出した。

《引っ張ったか？》

「いいえ。彼女は行方不明で――」

《冗談だろ？》

「残念ながら事実です」

長谷川の溜息が聞こえた。

北尾雪江の自宅の様子と、酒蔵の関係者の話を併せて伝えた。

《北尾雪江は失踪したが、滝田殺しと連続逆さ吊り殺人にも関与した可能性は高い。自宅の靴箱を調べてみろ》

「はい」

通話を終えて再び玄関に踏み入り、右側にある大きな靴箱を開けた。女性の靴と男性の靴が収まっており、男性用のスニーカーもある。それを手に取ると泥でかなり汚れていた。サイズは二六センチ

――。

長谷川の勘は当たったかもしれない。しかし、捜索令状なしに靴を持ち出すわけにはいかず、明日、捜索令状を持って出直しだ。とはいえ泥ぐらいなら持ち帰っても問題ないだろう。ショルダーバッグからハンカチを出し、スニーカーに付着している土を包んだ。

第五章

1

八月二日——

皇居から届くセミの声を聞きつつ登庁すると、鑑識から電話があった。

息を呑んで答えを待つ。

北尾邸から持ち帰ったスニーカーに付着していた土は二種類あり、一つは後藤の殺害現場の土、もう一つは綿貫の殺害現場の土であるとの見解だった。あのスニーカーは北尾雪江の夫のものであることは間違いないが、その夫は認知症で施設に入っているから、北尾雪江が夫の靴を履いて犯行に及んだと見ていいだろう。犯人が男だと思わせるための小細工に違いなかった。これで、連続逆さ吊り殺人の主犯は北尾雪江でほぼ確定したが、滝田康夫の殺害についてはまだ分からないことが多い。国分秀美の関与も否定しきれないのである。

筋立てて考えてみる。

北尾雪江は新宿の興信所に綿貫の調査を依頼した。綿貫の調査だけを依頼したのだから、後藤がどこにいるかは知っていたのだろう。そして綿貫に接触して仲間に引き入れたが、わざわざ綿貫を探してまで計画に引き込んだということは、綿貫と後藤の関係を知っていたからではないだろうか？　恐らく、綿貫は後藤を恨んでいたのだ。昔は後藤から借金もしていたようだから金の恨みか？　だからこそ綿貫は北尾雪江の殺害計画に乗り、後藤を徹底的に痛めつけてから殺した。首尾よく後藤を殺した北尾雪江は口封じのために綿貫をも殺害し、連続猟奇殺人に見せかけた。

しかし、二人を殺さなければならなかった理由は？　滝田康夫の殺害に関しては？　もしも彼女の仕業なら、康夫から強請られていた理由は？

先日の、槙野と島崎智輝の会話を思い出した。滝田幸秀を殺したのは後藤、綿貫、康夫の三人。その三人を北尾雪江が殺さなければならなかったのは何故だ？　滝田幸秀の生まれ変わりである島崎智輝が前世の恨みを晴らすために三人を惨殺したというのなら理解もできるのだが――。

北尾雪江が拉致された理由は？　一連の事件とは無関係としか考えられない島崎京香までもが殺された理由は？

槙野の意見も聞いてみることにした。オカルト的要素が絡んでいるからメンバー達に相談するのは気が引ける。それに、全容解明にはほど遠いとはいえ、ここまで辿り着けたのは槙野のお陰なのだから。

そこへ、長谷川が顔を出した。

「おはようございます」

「おう」

有紀は鑑識の報告を伝えた。

「よし、一歩前進だな。あとは北尾邸のスニーカーか。他の遺留品が見つかるかもしれないから裁判所に行って捜索令状を取ってくる」

「でも班長。現場は他県ですし、警視庁の鑑識だけを乗り込ませるのは難しくありませんか？」

「うん──。仕方ない、群馬県警にも協力依頼しよう」

2

槙野は北区赤羽のラブホテルを張っていた。

二時間ほど前、浮気調査の対象男性と浮気相手と思しき中年女性がこのラブホテルに入って行った。しかも堂々とだ。その様子はもうカメラに収めている。

出てきた！

ファインダーを覗いてシャッターを押した矢先、ジャケットのポケットの携帯が振動した。今は携帯などに構っていられない。連写音を聞きつつアングルを微妙に変え、駅に向かって歩いて行く男女の背中に「残念でした」の声をかけた。これでまた一組の夫婦が修羅場を迎えることになる。

死人が出なければいいが──。

緊張の一瞬が過ぎ去り、振動したままの携帯を摑み出した。東條からだ。

「よう？」

《今、いいですか？》

「絶妙のタイミングだったな。どうした？」

《北尾雪江のことです。失踪しました》

「消えた？」
あの、色香を漂わせていた北尾雪江の姿が眼前に彷彿とする。
《間違いなく拉致です》
北尾邸の状況を教えられ、拉致と断定したことに納得した。
「どうなってんだ？　まるで、追いかけたら消える蜃気楼じゃねぇか」
《一連の事件は想像以上に根が深いということでしょう。それと、後藤と綿貫の殺害現場の土が、北尾雪江の自宅にあったスニーカーに付着していた土と一致しました》
「彼女が二人を殺ったのは間違いないってことだな」
《後藤の殺害は綿貫との共同作業で、綿貫殺しは彼女の単独犯行でしょう》
「滝田康夫の件は？」
《まだ分かっていません。北尾雪江が失踪していなければ真相が詳《つまび》らかになったかもしれませんけど》
「殺されてたら真相は闇の中か」
《ええ――。生きていることを願います》

一時間かからずに事務所に辿り着き、高畑にアイスコーヒーを頼んでから写真のデータをＰＣに取り込んだ。あとは報告書を書いて写真を添付し、それをクライアントに見せるだけ。

アイスコーヒーのストローを咥え、東條の話を反芻した。今回ばかりは分からないことだらけである。北尾雪江も失踪しているし、下手をしたら真相は迷宮入りになりかねない。

後頭部で手を組んで椅子の背凭れに上体を預け、北尾雪江の行動について考えてみた。

彼女は島崎智輝に国分秀美の住所を教えた。それなのに、こっちが智輝の写真を見せた時は『知らない』と言った。それはつまり、自分と智輝の関りを誰にも知られたくなかったからだ。しかし智輝の口ぶりからすると、北尾雪江は国分秀美の姉という認識しかしていなかったように思える。その証拠に、国分秀美の家をどうやって突き止めたのかと訊くまで、一度も北尾雪江の名前を出さなかった。だが、北尾雪江は智輝との関りを知られたくなかった。どういう理由からだ？

まさか——。

彼女は島崎智輝が幸秀の生まれ変わりであることを知っていたのではないだろうか？

では、どうやって智輝が幸秀の生まれ変わりだと知った？

考えられる可能性は一つ。国分秀美だ。妹からそのことを聞かされたとしたら？

だとしても、北尾雪江が後藤と綿貫を殺した理由は？

そうだ、国分秀美ではなく、北尾雪江こそが滝田幸秀殺しに関わっていたのだ。

そういえば智輝は、前世の自分である幸秀を殺した三人を恨んでいると言っていた。そのことも国分秀美に話し、国分秀美が北尾雪江に智輝の正体と心中を教えたのではないだろうか？　そこで北尾雪江は慌てた。もしも智輝が復讐を計画し、その計画が成功して智輝が後藤と綿貫から真相を訊き出したら——と。幸秀殺害の黒幕は北尾雪江で、そのことを知られる前に二人を殺してしまえば自分が狙われることはないと考えたとしたら？　飛躍し過ぎか？　しかし、そう考えれば辻褄が合う。

ここまで推理したが、この先がまた厄介だ。島崎京香が殺された理由と北尾雪江が失踪した謎。東條が手がかりを摑むことを願わずにはいられない。

3

八月五日　午前——

東條有紀は、刑事部屋で科捜研からの報告を待っていた。今日、北尾邸で採取した毛髪のＤＮＡ鑑定結果が出ることになっているのだが、結果によっては事態が動くかもしれない。北尾邸で押収したスニーカーの鑑定結果と指紋照合の結果は既に出ており、スニーカーの靴底は後藤と綿貫の殺害現場に残されていた足跡と完全に一致。しかし、指紋の件は空振りで、警察のデータと一致するものはなかった。他のメンバー達は北尾邸の近辺で訊き込みを行っている。

デスクの電話が鳴り、心臓が大きな鼓動を打ち鳴らした。科捜研からだろう。

何か見つかってくれ！

祈るような思いで受話器を取った。

「はい。東條です」

《俺だよ俺、久しぶり》

この能天気な声は、丸山《まるやま》——。

過去三度交際を申し込まれているが全て却下した。当然だ、こっちは男になど興味はない。

《元気か？》

んなわけないだろ。下手したら一連の事件が迷宮入りするかもしれないのだから。
「元気なんかない」
《でもさあ、そっちが例の逆さ吊り殺人を担当してるって知らなかったよ》
「あんたと世間話してるほど暇じゃない。結果は？」
《そう焦るなって。今から飛び切りの情報を提供するから》
飛び切り？
「早く言え！」
思わずデスクを叩いていた。驚いたのか、他班の捜査員の視線が飛んでくる。
《分かったよ、言うよ。持ち込まれた毛髪の中に、先日殺害された島崎京香という女性の毛髪が混じっていた。数にして二十本ほどかな》
我が耳を疑う。
「もう一回言って」
《だからぁ、先日殺害された島崎京香という女性の毛髪が混じってたんだよ》
どうして彼女の毛髪が？　しかも二十本も？
安置室で横たわっていた島崎京香の遺体を思い起こした。顔と腕に引っ掻き傷があったから、誰かと争ったことは間違いない。そして北尾邸には彼女の毛髪が二十本も残されていた。きっと、北尾雪江と争ったのだ。そして引っ掻かれただけでなく、髪の毛も摑まれた。二人が取っ組み合う姿が目に浮かぶ。

《どうだ？　飛び切りの情報だろ？》
「今度、職員食堂のAランチをご馳走する」
《え～！　もっと気の利いた物がいいんだけどなぁ。例えば、リーガロイヤルのラウンジで飲んで、そのまま二人で泊まるとか》
無視して受話器を置いた。
島崎京香は自ら北尾邸に乗り込んだのか？　あるいは北尾雪江に呼び出されたのか？　いずれにしても、二人は知り合いだったということか？
槙野に尋ねてみるか。島崎京香についてはこっちよりも遥かに知っているはずだ。
電話すると槙野はすぐに出た。
「東條です。予期せぬ事態に」
《もう驚かねぇよ。今度は何だ？》
「北尾雪江の家から、島崎京香さんの毛髪が多数発見されました」
《はあ？》
槙野は眉根を寄せていることだろう。さっきの推理を話してみた。
《二人が知り合いだったってことはねぇはずだ。幼い島崎智輝が母親の京香に話したのは、留浦にあった酒蔵のことだけで、彼女は滝田幸秀の字や曙酒造の名称すら知らなかった。それなのに、北尾酒造のことを知ってるのは不自然だろ？》
「そうですよね」

《まあ、俺が書いた報告書の中に北尾酒造という屋号が出てくるから、それで訪ねて行ったと考えられなくもねぇが、それにしたって智輝は見つかったんだから、わざわざ訪ねて行くってのも変だよな》
「島崎京香さんは間違いなく、北尾雪江と争っています。理由は分かりませんけど」
《智輝ならその理由が分かるかもな。ちょっと訊いてみるから待っていてくれ。折り返し電話する》

4

槙野は智輝に電話したが、《電波の届かない場所か——》の合成音声が返ってきた。

どこに行った?

そう独りごちた瞬間、智輝が事務所にきた時のことを思い出した。国分秀美の家を出た後、自宅で作品を書いていたという。しかも、自分の経験をベースにしたホラーミステリーだとも。事実は小説よりも奇なり、下手に創作するより事実を書いた方がリアリティーがあるし、経験したことを書くのだから作品を仕上げるのも楽だろう。智輝もそう判断して、ありのままを書いて作品を仕上げたとしたら?

まさか、島崎京香はそれを読んで北尾雪江の存在に気付いたのではないだろうか? 掃除か何かの用で江古田のマンションに行ったが智輝はおらず、たまたまデスクの上にあった原稿を読んだ。そこには、主人公がかつての恋人の姉を訪ね、彼女から恋人の現在を教えられるという物語が描かれていたとしたら? そして島崎京香は、主人公に恋人の現在を教えた姉のモデルが北尾雪江だと察した。

加えて、こっちが提出した報告書の内容『北尾酒造の杜氏にも会って息子さんのことを尋ねましたが、知らないという回答でした。念のため酒蔵の女将にも息子さんの写真を見せたものの、同じく知らないとのこと』を思い出し、作品との相違点に不審を抱いた。北尾酒造の女将は、どうして智輝を知らないと嘘を言ったのかと。

結果として、島崎京香は北尾邸に行っているし、北尾雪江は島崎京香を知らなかったはずだから、島崎京香の方から乗り込んだのか？　しかし、どうして殺された？

ひょっとしたら、智輝の作品にはまだ続きがあって、そこに島崎京香が失踪したヒントが隠されているかもしれない。島崎京香が智輝の作品を読んだのなら、その作品は出版社に送られたのではないだろうか？　智輝はプロの作家だ。書き上げた作品を出版したいに決まっている。では、どこの出版社に送った？

菱川書店か？

他社の編集者は智輝の作品を読みもしなかったが、菱川書店の江波悦子は短編を読んでくれた。少しでも脈のある編集者に狙いをつけるのは自明の理。

早速電話すると、十回近く呼び出し音を聞いてから江波が出た。

「鏡探偵事務所の槙野です」

《ああ――。月城先生、見つかってよかったですね》

つまり、智輝は彼女にコンタクトを取ったということだ。

「ええ、お陰様で――。月城さんのことでお尋ねしたいことがあるんです。彼、新作を書いたそうなんですが、原稿はそちらに？」
《ええ。読ませていただきましたけど、それが何か？》
勘が当たった。
「その原稿、読ませていただくわけにはいきませんか？」
《何を言っているか分かってらっしゃいます？　プロの作家の、出版前の原稿なんですよ。部外者に見せられるわけがないでしょう。そんなにお読みになりたければ月城先生にお願いすればいいじゃないですか》
強い口調で拒否された。まあ当然だ。
「連絡が取れないんですよ」取れたとしても見せてくれるとは思えないが――。「警察の要請があれば見せてもらえますか？」
《警察？》
江波の声が裏返る。
「はい、緊急事態なんですよ。人の命がかかっています」
北尾雪江は殺人鬼だが、生きて捕まえて事件の全容を喋ってもらわないといけない。もう死んでいるかもしれないが――。
《どういうことですか？》
困惑するのは当然だ。
「説明している時間はありません。江波さん、今、どちらに？」

《会社ですけど》

「外出の予定は？」

「今のところありません」

「では、警視庁捜査一課の東條という女性捜査員が伺うと思います」東條の都合は知らないが、何が何でも行かせる。「彼女に月城さんの原稿を渡してください。お願いします。それとこのこと、月城さんには内密に」

《月城先生が犯罪に関与を？》

「その可能性があるんです」嘘も方便だ。口封じのためには仕方がない。「では、お願いします」

通話を終えて大きく息を吐き、続けて東條を呼び出した。

彼女も忙しいのか中々出ない。

やっと声が聞けたのは、十五回目のコールを聞いた矢先だった。

《すみません。訊き込みの最中だったもので》

「すぐに、千代田区の菱川書店に行って、江波悦子という編集者に会ってくれ。島崎智輝の担当だ」

東條は目を泳がせているだろう。

《説明してください》

「北尾雪江の行方を摑むヒントがあるかもしれないんだ」

さっきの推理と要点を話すと、《急行します》と東條が言った。

「内容が分かったら俺にも教えてくれ」

5

菱川書店本社ビルのロビーで待つうち、ショートヘアーの女性がやってきて「江波です」と名乗った。

警察手帳を提示する。

「東條です」

「受付から『刑事さんがこられている』と電話があるまで、槙野さんが仰ったことは悪い冗談と思っていたんですけど――」

「槙野さんも言ったように、緊急事態なんです。月城さんの原稿を読ませていただけませんか？　作品の内容は絶対に守秘しますから」

一度は作品内容を口頭で教えてもらおうと考えたが、それでは細かい点が分からない。その細かい点にこそ手がかりがあるかもしれず、原稿全てに目を通すことにした。

「無理です。出版社の立場をご理解ください」

それなら捜査権を持ち出すまで。

「警察には捜査権があるのをご存知ですよね」

「そんなこと言われても……」

「どうしてもダメだと仰るなら、裁判所の開示命令を申請することになりますよ。でも、すぐに許可は下りません。最短でも数時間はかかるでしょう。もしも開示申請が許可されるまでに死人が出たら、御社は社会的非難を受けると覚悟してください。私が責任をもってマスコミにこのことを伝えます。ツイッターで、『原稿を見せておけば人一人助けられたかもしれないのに』なんて書き込みが増えて、それが拡散して大騒ぎになるかもしれませんね」

若い女性相手にこんな脅しは使いたくなかったが、今は一刻を争う。

江波が泣きそうな顔になる。『自分の判断ミスで人が死ぬかもしれない』『会社が社会から非難される』そんな脅しをかけられたら誰だって不安になる。

「上司に話してみます」

陥落した。

「急いでください」

上司だってトラブルはごめんだろう。若い売れない作家の作品と、自分の地位と将来を天秤にかければ自ずと答えは出る。『刑事に読ませろ』ときっと言う。


江波が現われたのは十分後、A４版の茶封筒を抱えていた。

「この中に月城先生の原稿が――。原稿用紙換算で六百五十枚ほどで、文庫本だと大体三六〇ページといったところでしょうか」

速読には自信がある。三六〇ページの小説なら三時間もあれば事足りるだろう。

「感謝します」ここに北尾雪江の行く先のヒントがあるなら一言一句読み飛ばすことはできない。「この原稿はいつ渡されたんですか？」

「データが送られてきたのは半月ほど前で、翌日には読み終えました。とても面白かったものですから――」

「では、月城さんと会われていないんですか?」

「会いましたよ、打ち合わせで。七月三十一日だったかしら?」

北尾雪江が失踪した前日ではないか。まさか、智輝が犯人?

「それは何時頃です?」

「夜の八時過ぎでしたねぇ。それから一時間ほど、出版物にするまでの改稿とか、疑問点とか、そういったお話をしました」

「それで月城さんは帰られた?」

「いいえ。一緒に食事に行って、十一時過ぎに別れましたけど」

拉致を実行しようとしている人間が、そんな時間まで編集者と呑気に食事をしているわけがない。しかも、場所は群馬県の高崎市なのだ。北尾雪江の失踪に智輝は関与していない。では誰が?

「原稿、お預かりします」

急いで警察車両に乗り、封筒から原稿を出した。右の隅が大きなクリップで綴じられており、タイトルは『前世からの招待状』。さて、どんなヒントが飛び出してくるか?

クリップを外し、一心不乱に読み始めた。

プロローグは、造り酒屋の当主の大垣充《おおがきみつる》が殺されるシーンだった。無論、大垣のモデルは滝田幸秀だろう。

大垣と仲の悪い弟は、ある日の夜、『関係を修復して、これからは二人で酒蔵を盛り立てていきたい』と大垣に持ち掛ける。そして酒席となって二人で酒を酌み交わすのだが、大垣に酔いが回ったところを見計らい、仲間二人を家の中に引き入れて行動に出た。弟が大垣を床に転がすや、一人が大垣の背中に馬乗りになり、もう一人が大垣の両腕を後ろ手にしてガムテープをぐるぐる巻きにする。大垣は足をばたつかせて抵抗を試みるも、酔いが回っているせいか二人を振り解くことができない。弟はというと大垣の口にガムテープを貼り、三人で大垣を酒蔵に運び込むと、梁にロープをかけて大垣を首吊りに見せかけたのだった。

滝田幸秀も三十一年前に同じ手口で殺されたが、幸秀はラガーマンだったというから、康夫は一人で兄を殺すのは無理と考えて仲間を二人雇ったのだろう。その二人が後藤と綿貫だ。

第一章は主人公の船原優斗《ふねはらゆうと》が、過去の記憶の断片を垣間見たことから退行催眠を受けることを思い立つ。これも主人公は島崎智輝で間違いない。

退行催眠を受けた結果、優斗は自分が三十一年前に殺されたことを完全に思い出し、当時付き合っていた恋人・綾香《あやか》への恋慕の情を蘇らせていく。そして、綾香の現在を知ろうと決意するのだった。

第二章は綾香を探し出すことだった。綾香の実家を訪ねて彼女の姉に会い、綾香が夫と死別して一人娘も関西に嫁いだことを知る。そして葛藤の中で綾香に会う決断を下す。

第三章は綾香との再会。五十代となっている綾香と再会した優斗は、自分が大垣の生まれ変わりであることを告げるのだが、綾香は全く取り合ってくれず、それどころか警察まで呼ぼうとする。しかし、大垣と綾香しか知らないことを次々に話すうち、綾香の態度が変わっていく。そしてようやく、自分が大垣の生まれ変わりであることを綾香に信じさせた優斗は、大垣が殺されたことと犯人を教えるのだった。

ここまで読んで吐息をついた。槙野の推理どおりの展開だ。ここまで当てられてしまうと、オカルトや神秘現象を信じない主義を曲げざるを得なくなってくる。気を取り直して続きを読んだ。

第四章は優斗の復讐だった。自分を殺した三人を次々に惨殺していくのである。

ここが槙野の推理と違う。島崎智輝は殺害計画など立てていなかった。エンターテインメント作品ということでストーリーを変更したか。続きを読む。

最終章は悲劇的な幕切れだった。復讐を終えた優斗が自殺するのだが、死の間際にこう呟く。

『三十一年はあまりにも長かった。僕はまだ成長過程の身体なのに、彼女は加速する老いに抗うことができない身体。若葉と枯葉は相容れることなく、枯葉だけが枝から落ちていくように、このまま行けば近い将来、僕は絶望の中で彼女を看取《みと》ることになるだろう。嘆き、自分の不遇を呪い、神を呪い、老婆となった彼女の軀《むくろ》に縋るのだろう。それならいっそのこと、ここで再び彼女と別れ、来世で結ばれた方がどれだけ幸せか。だから僕は死に、生まれ変わったら今度こそ、彼女と結ばれる』と。そして優斗は、ナイフで自分の頸部を切って果てる。

読み終えて作品の内容を反芻した。評価は置き、ストーリーに破綻はない。事実に基づいて書かれていることが多いからなのか、ストーリーの組み立てが巧みだからなのか？　それよりもヒントのことだ。これを読んだ限りでは、残念ながら北尾雪江の行方に繋がるような記述は見当たらなかった。槙野と話すことにした。

6

煙草に手を伸ばした槙野は、最後の一本を咥えて火を点けた。空の箱を握り潰し、煙草の先から立ち上る煙をぼんやりと見る。帰宅してからどうにも落ち着かないのだ。時計を見ると午後十時半、東條はまだ島崎智輝の作品を読んでいるのだろうか？

麻子はカウチで転寝をしており、ニコルはというと、麻子の膝の上に顎を載せて鼾をかいている。するとと携帯が鳴り、ニコルが目覚めてこっちを見た。電話だよと言いたげだ。

「分かってるよ」と答えて携帯を摑む。東條からだった。「待ってたんだ。どうだった？」

《ヒントらしき記述はありません》

「ない？」

《ええ――。事実か創作か判断ができない部分も多々あって――》

作品の内容を教えられ、かなり落胆した。東條も同じだろう。

「最後は主人公が自殺して終わるのか――」

《はい。島崎京香と思しき女性も登場しませんし》

「参ったな。これじゃ北尾雪江を見つけられないぞ」

《下手をすれば死体で発見される恐れもあります……》

「教えてくれてありがとな。何か閃《ひらめ》いたら電話するよ」

通話を終えると溜息が漏れた。誰が北尾雪江を拉致したのか——。

もう一度、東條が教えてくれた内容を反芻した。途中までは事実どおり書かれているが、そこからが違っている。しかもラストは主人公の自殺ときているのだ。

智輝が自殺などするはずがない、国分秀美と三十一年ぶりに再会したのだから。

島崎京香と北尾雪江のことに思考を切り替えた。二人が知り合いだったとは思えない。だが、島崎京香は間違いなく北尾邸に行った。それは何故だ？　北尾雪江は、どうして見ず知らずの島崎京香を殺さなければならなかった？

今までの推理では説明できないことが多過ぎる。視点を変えてみるべきではないのか？　例えば逆転の発想とか——。

逆転？

ハッとした。結果として島崎京香は殺されたが、彼女が北尾邸に行ったことは事実。まさか、殺意を持っていたのは島崎京香の方ではないのか？　だから北尾邸に乗り込んだ。だが、返り討ちに遭って殺されたとしたら？

では、殺意を抱いた理由は？

脳細胞をフル稼働させて推理に没頭し、ようやく一つの仮説に辿り着いた。

島崎京香の行動の謎が智輝の作品にあるとすれば、やはり作中にその答えがあるはずだ。作品のラストは主人公の自殺。

突然、目の前に光が射した。

そうだ！　京香は母親なのだ。一人息子を溺愛する母親なのだ。しかも、息子を攻撃する者に敵意を剝き出しにする攻撃的な母親だ。

母性である。それも度が過ぎた。

彼女は聞かされていた。他ならぬ鏡とこっちから、『息子さんは連続逆さ吊り殺人に関与している疑いがある』と。そこにもってきて智輝の作品を読み、智輝の復讐計画の成就を察し、小説と事実の相違点にも気付いた。かつての婚約者の現在を婚約者の姉が教えたことだ。調査報告書には『北尾酒造の女将にも息子さんの写真を見せ、この青年は滝田幸秀と関りがあるかもしれません。ご存知ありませんかと尋ねましたが、彼女は知らないと証言しました』と書かれていたのにである。

京香は疑問の答えを探したのだろう。だが、国分秀美を見つけた経緯について智輝に嘘を書く理由が見当たらず、北尾雪江にこそ智輝との関りを隠さなければならなかった理由があるのでは？　と推理。智輝が滝田幸秀の生まれ変わりであることから、北尾雪江が幸秀殺しに関わっているが故に嘘をついたと結論付けた。

問題はここからだ。京香は、幸秀殺しに北尾雪江が関わっていることを智輝が知っているのではないか、もしそうなら、智輝は北尾雪江も殺すのではないかと危惧。

京香が北尾邸に乗り込んだのは智輝の自殺を止めるためか！

智輝が目的を果たせば作品のとおりに自殺すると思い、北尾雪江が行方不明のままなら智輝は彼女を殺すまで自殺しないだろうと考えた。だから北尾雪江を殺してどこかに埋めるため、わざわざ高崎市まで出向いて行った。しかし悲しいかな、返り討ちに遭って殺された。

だが、小説を書いた時点で智輝は北尾雪江の関与に気付いていなかった。何故なら、北尾雪江が探偵に嘘を言ったことをまだ知らなかったからだ。気付いたとしても、調査報告書を見つけて読んだ時だろう。果たして、今は気付けているだろうか？

北尾雪江に思考を切り替えた。誰が拉致した？

東條から聞かされたことが脳裏を過る。秩父警察署で行われた島崎京香の身元確認のことだった。いた。もう一人、調査報告書と智輝の作品を読むことができる人物が――。

智輝の父親か！

そして妻と同じ疑問を抱き、北尾雪江が幸秀殺しに咬んでいると見破った。すると今度は妻が失踪して殺され、妻殺しにも北尾雪江が関係していると結論。愛する妻まで殺されたとなれば黙ってはいられなかった。だから北尾雪江を拉致した。当然、智輝の自殺を止めるためでもあっただろう。

こうしてはいられない。智輝を呼び出した。

呼び出し音の一つ一つがとてつもなく長く感じられる。

「出てくれ！」

そう呟くと智輝が出てくれた。

「智輝君、教えて欲しいことがある」

《何をです？》
「君のお父さんのことだ。今、どこに？」
《会社か自宅だと思いますけど――》
「お父さんの名前と携帯番号を教えてくれないか」
《どうして父の携帯番号なんか？》
「説明している時間がないんだ。頼む」
ややあって、智輝が名前と番号を口にし始めた。
それをメモし、続けて「お父さんの車のナンバーは？」と尋ねた。拉致するには車が必要だ。
《待ってください。父が事件に関係しているということですか？》
ここまで質問されたら誰でも気付くか。「そうだ」と答え、「車のナンバーを」と続けた。
《知りません。先月買い替えたと聞きましたけど、実家には長いこと帰っていませんから新車もまだ見ていないんです》
「じゃあ、車種は？」
《ベントレーです。色はダークグリーンだとか》
所有者の名前は分かっているのだからナンバーはすぐに判明するだろう。警察が見つけてくれることを祈りたい。
「最後に、お父さんは別荘を持ってる？」
《ええ。鴨川市に》

千葉県か。

「大きな建物？」

《そこそこ。土地は五百坪で建坪は百五十坪余りだったかな？》

そこそこどころか、かなりデカい。大きな声を出しても外には聞こえないだろう。

「ひょっとして地下室も？」

《ありますよ》

そこだ。北尾雪江はそこにいる。死体になっているかもしれないが——。

「住所を」

話を終えて東條に電話したが出ない。数分待ってかけ直したものの同じだった。

こんな時に！

事態は一刻を争う。現地の警察に直接電話して別荘を見に行ってもらうしかないか。とはいえ、人が監禁されているかもしれないと通報したところで警察が信じてくれるだろうか？　現職の刑事なら問題ないが、今はしがない一探偵。警察をクビになったことが悔やまれる。

携帯が鳴った。東條か？

ディスプレイには『東條』とある。

「おう！　緊急事態だ」

捲し立てるように事情を説明した。

《別荘は千葉県鴨川市ですね》

「そうだ。俺の勘は外れるかもしれねぇが、調べるだけ調べてくれねぇか」
《勿論です》
それから智輝の父親の名前、車の車種、別荘の住所を伝えた。

7

東條有紀が千葉県警から連絡を受けたのは千葉県内に入った直後だった。

指定した別荘にはダークグリーンのベントレーが止まっているそうで、建物から出てきた人物は島崎康人《やすと》と名乗ったという。現在、家の中を見せてくれるよう交渉しているそうだが、島崎康人は『捜索令状を見せろ』の一点張りらしい。やましいことがなければ堂々と中を見せられるはず。生死は分からないが、北尾雪江が中にいる可能性は高いか。捜索令状に関しては長谷川が手続き中だ。

それから一時間弱で目的の別荘に到着した。ログハウス風の二階屋で、塀はなく、敷地の境界線にはブナや欅、楢の木が植えられている。敷地の一角にはベントレーが止まっていた。警察車両は数台で、制服警官達が忙しそうに動き回っている。

車を降りた有紀は、一番近くにいる警官に身分を告げた。

「どんな状況ですか?」

「主は家の中に引っ込んだまま、声をかけても無視ですよ」

強硬手段に打って出るか? しかし、踏み込んだはいいが誰もいませんでしたでは洒落にならない。

長谷川からの連絡を待つしかなさそうだ。

悶々としたまま三十分ほど過ぎた頃、赤いＳＵＶが近くで止まった。降りてきた人物を見て思わず「あっ！」と声が漏れる。島崎智輝に駆け寄った。

「どうしてここに？」

「あなたは？」

智輝はこっちのことを知らない。それを忘れていた。自己紹介して槙野との関係も併せて伝えた。無論、智輝が滝田幸秀の生まれ変わりであることを知っていることも、内偵していたことも話した。

「だから僕を知っていたんですね」

「ええ」

「でもまさか、刑事さんが生まれ変わりの概念を信じてくれるなんて――」

「数々の状況から、信じざるを得なくなったんです。ところで、ここにきた理由は？」

「槙野さんから電話があって、父のことや別荘のことを根掘り葉掘り訊かれました。それでもしやと思ったんです、父が母を殺した犯人を突き止めたんじゃないかって。父に電話しても出ないし、だからここにきてみたら――。刑事さん、これだけ警官が集まっているということは、僕の勘は当たっていたんですね。母を殺した犯人も中にいる」

さすがは作家だ。察しがいい。

「恐らく――」

「犯人は何者です？」

知らないのか！

智輝は国分秀美の居場所を北尾雪江から教えられた。だから北尾雪江を疑わなかったのだ。一方、智輝の両親は槙野の報告書を読んだから北尾雪江の言動の矛盾を見抜けた。

「北尾雪江です。あなたの許嫁だった」

智輝が唖然とする。

「冗談でしょう。どういうことです？」

「別荘に入れてくれますか？　入れてくれるなら教えますけど」

別荘の名義が父親であっても、息子の承諾を得たと堂々と主張できる。ここはディールだ。モラルなどと言っていられない。

「父が立ち入りを拒否してるんですね」

「そうです。今は捜索令状待ちで」

智輝が即座に頷いた。

「分かりました、入れます。但し、僕も一緒に入りますから」

「悲惨な現場を見ることになるかもしれませんけど」

暗に、北尾雪江が殺されている可能性があることを伝えた。

智輝が満天の星を仰ぎ、「覚悟の上です」と言い切る。「刑事さん、雪江が母を殺した理由は何です？」

「槙野さんはこう言っていました。北尾雪江は滝田幸秀殺害に関与していたんだろうって」

智輝が目を大きく見開く。

「そんな――」

智輝の心中は如何ばかりか。母親が愛する女性の姉に殺害され、その女は前世の自分の殺害にまで関与していたと聞かされたのである。

「あなたのご両親は、槙野さんの報告書とあなたの書いた小説を読み比べ、北尾雪江の言動に疑問を持ったんでしょう。そして滝田幸秀殺しの陰に北尾雪江がいると結論し、また、あなたの小説のラストで主人公が自殺するという悲劇的な結末を憂い、だからこそ、お母さんはあなたを失いたくないという想いから北尾雪江を殺害しようと考えた。しかし、返り討ちに――。一方のお父さんは、愛する妻の仇を討ち、大切な息子を絶対に自殺させないと決意を固めたんでしょうね。だから北尾雪江を拉致監禁し、猛烈な殺意と良心の狭間で激しい葛藤に見舞われていたのではないかと――」

「僕があんな小説を書かなければ……」智輝が両手で顔を覆う。「全ては僕が悪かったのかもしれない。雪江は許してくれたと思い込んでいたけど……」

「許す？」

「僕が雪江を変えてしまったんでしょう……」

全てを語ることなく智輝が歩き出す。

有紀は警官達に事情を話して智輝を追った。有紀の後ろに制服警官四人が続く。

ドアは施錠されていた。しかし、智輝が合鍵を使って事なきを得た。ドアが押し開かれる。

玄関は六畳ほどあるだろうか。天井まで吹き抜けで、大型のプロペラがゆっくりと回っている。

「父さん」と智輝が声をかける。

だが返事はなかった。

それから手分けして各部屋を調べたが、どこも無人だった。

「地下室か」

智輝が言ってリビングを出ると、長い廊下を北に向かって歩き出した。突き当たりの左側にドアがある。

智輝がそのドアの前で立ち止まった。

「刑事さん。父は雪江を殺したと思いますか？」

「そうでないことを祈っています」としか言えない。

覚悟を決めたようで、智輝がドアをそっと押し開いた。中から明かりが漏れてくる。

ここにいることは間違いないようだ。

「父さん。いるんだろ？」

静かな声だった。

有紀も唾を飲み下して智輝に続く。

階段を半分下りたところで「くるな！」の怒声があった。

それでも智輝は構わず、階段を下り切った。「父さん」とまた言って、彼の姿が視界から消える。

階段を駆け下りた有紀が見たものは、膝を抱えて俯く父親と、父に手を差し伸べようとしている智輝の姿だった。

「どうしてここにきた？」と父親が言う。

「探偵さんのお陰さ」

地下室の隅には、両手両足を縛られた北尾雪江が横たわっていた。血は一切見当たらず、本人も身体をくねらせている。

肩の力が抜けていった。今の今まで、怒り狂った男を説得することだけを考えていたが、それは杞憂に終わってくれた。ホッと胸を撫で下ろした有紀は、後から下りてきた警官達を制して二人に近づいた。

「父さん。警視庁の刑事さんだよ」

父親がこっちを上目遣いで見る。

「あの女を殺そうと思ったんだ。八つ裂きにしてやろうと思ったんだ。でも、でも——できなかった……」

父親が力なく言い、智輝が父親を抱きしめる。理性が怒りを凌駕したのだ。よくぞ思い留まってくれた。しかし、無念の二文字は生涯つき纏うに違いない。それは智輝も同じはず。

北尾雪江が、「私が何をしたって言うの！」と声を荒らげた。

すると父親が彼女を睨みつけた。

「刑事さん。惚けているけど、その女は家内を殺したと白状した」

「言ってないわよ！　どうして私があんたの奥さんを殺さなきゃならないのよ！」

父親に包丁でも突きつけられたか？　それで恐怖心にかられて自白したのだろう。

「嘘を言うな！　お前は確かに、私の妻を殺したと言った！」

「言ってないわよ！」

有紀は北尾雪江の傍らで片膝をついた。

「刑事さん。助けてくれてありがとう」

「助けにきたんじゃない。あんたを逮捕しにきただけ」

「私を逮捕？　あの男の言ったことは嘘よ！」

「見苦しい――。拉致されたから知らないのも無理はないけど、あんたの家から島崎京香さんの毛髪が多数発見された」

北尾雪江が何度もかぶりを振る。

「知らない。知らない――」

「惚けても無駄。殺意があったかどうかは別として、あんたが彼女を殺したことは分かってるから。それと、あんたの家の下駄箱の中にあったスニーカー、連続逆さ吊り殺人の現場にあった足跡と一致した。勿論、靴底の土も二か所の現場の土と一致」

北尾雪江が押し黙る。

さすがに言い逃れできないと思ったのか、北尾雪江が啜り泣き始めた。

有紀は北尾雪江に逮捕状を突きつけた。それから彼女を縛っているロープを解き、手錠を出して腕時計を見た。

「八月六日午前一時五分、後藤弘明、綿貫一郎、島崎京香の殺害容疑で逮捕する」

できれば滝田康夫殺害容疑も付け加えたいが、それに関しては自供を引き出すしかない。

北尾雪江が智輝を睨みつける。さながら般若の形相で、歯軋りまで聞こえてきた。この二人に何があった？

そこへ、内山がやってきた。

「東條」

「もう終わった。島崎さんを本庁に連行して、くれぐれも失礼のないように。それと、警官達も連れ出して」

内山が父親に歩み寄る。

「行きましょうか」

父親が両手を差し出す。手錠をかけてくれの意思表示だが、内山は「その必要はありませんから」と答えた。

地下室が三人だけになると智輝が口を開いた。

「雪江、僕を恨むのはいい。恨まれても仕方ないと思う。でも、よくも母まで」

握られた智輝の拳が震えている。

「勝手に怒鳴り込んできて包丁まで振り回したのよ。こっちは自分の身を守っただけなんだから文句を言われる筋合いなんてないわ」

雪江が言い捨てる。

二人の間で火花が散り、睨み合いはしばらく続いた。

「地獄に落ちろ」と智輝が言う。

「ふんっ、偉そうに。元はと言えばあんたのせいなのに。地獄で呪ってやる、妹のこともね！」

国分秀美も？

「秀美もきっとお前を恨むぞ」

「好きにすればいいわ」

「智輝さん、参考人としてご同行願えますか？」

「はい――」

外に出て、改めて智輝に尋ねた。

「あなたと、いえ、滝田幸秀と北尾雪江の間で何があったんですか？」

「僕は……」

＊＊＊

八月七日――

北尾雪江が落ちたのは、セミの鳴き声が微かに聞こえる午後だった。

マジックミラー越しに見る彼女は全てを自白すると細い肩を震わせ、スチール机を挟んで対峙している長谷川に向かって「申しわけありませんでした」と蚊の鳴くような声で言った。

まず、滝田康夫を殺害したのは雪江で、国分秀美は全くの無関係だった。捜査上、国分秀美を疑わざるを得ない状況だったとはいえ、申しわけない思いでいっぱいだ。

二年半前、突然、康夫が北尾酒造を訪ねてきたという。見る影もないほどに落ちぶれた印象で、身体が不自由なこともひと目で分かったのだそうだ。嫌な予感がしたとおり、康夫は幸秀殺しをネタにして強請をかけてきた。『生活に困っている。生活費を援助してくれないか』と。康夫の金づるは雪江だったのである。幸秀の死は自殺で片付いているから警察は怖くなかったものの、国分秀美に真相を知られることを恐れたために雪江は康夫に平伏すことになった。何故なら、幸秀の殺害計画を立てたのは自分であり、そのことが妹の知るところとなれば破滅の坂道を転げ落ちることが目に見えていたからだ。

北尾酒造は多額の借金を抱え、文字どおりの自転車操業で、資金繰りに困った雪江は資産家に嫁いだ国分秀美から今も資金援助を受けているという。当然、幸秀殺害の真相が妹に知れたら姉妹の仲は勿論のこと、今後の融資の打ち切りと貸し付けた金の返済を求められることは必至。だから茫然《ぼうぜん》となった。

康夫は金の他にもあれこれ要求してきた。身の回りの世話やセックスの相手等々。そうなれば当然、康夫の部屋の掃除までするわけで、ある日、トイレ掃除をしている時にはたと閃いた。塩素ガスを使って殺す方法を——。国分秀美の夫が塩素ガス自殺をしたことも閃きの大きな一因になったそうで、康夫の殺害計画を練りに練り、二年前の五月に計画を実行した。

その後、夫の介護や酒蔵の経営に振り回されつつも何とか生活を保っていたのだが、智輝の出現で地獄への一本道を突き進むことになる。

島崎智輝が滝田幸秀の生まれ変わりだと彼女が知ることになった経緯はこうだ。国分秀美から聞かされたのだという。妹の所在を尋ねにきた智輝は、『突然お伺いして申しわけありません。実は、北尾秀美さんを探しています。というのも、母が学生時代、秀美さんに大変お世話になったそうなんです。でも、諸事情があって疎遠となり、母は今、死の床に就いています。そして僕に秀美さんとのことを話し、生きているうちに彼女に謝りたいことがある。どうか彼女を探し出して欲しいと泣きました。それで秀美さんのご実家なら彼女のことを教えてくれるのではないかと考え、こうしてお邪魔した次第です』と話した。

初めて智輝を見た時の印象は、母親思いの好青年――だったらしい。だから国分秀美の住所を教えたところ、後日、妹からの電話で茫然となった。『あの母親思いの青年は幸秀さんの生まれ変わりで、彼は自殺ではなく殺されたのよ』と。勿論、最初は信じなかったらしい。しかし、国分秀美の話を聞くうちに信じざるを得なくなり、またぞろ喩えようのない不安に駆られた。『幸秀の生まれ変わりが妹に真実を話したのではないか――』と。そうなれば当然、妹との仲も酒蔵も終わりだ。

智輝が幸秀の生まれ変わりだと聞かされた時、きっと雪江は幸秀の顔を思い浮かべたことだろう。しかし、智輝が秀美に語った幸秀殺しの真相にはぽっかりと開いた穴があった。他でもない、雪江の名前が出なかったことである。智輝が口にした犯人名が後藤、綿貫、滝田康夫の三人だけだったことから一瞬安堵した雪江だったが、不安の二文字が頭から消えることはなかった。もしも智輝が復讐を決行し、後藤と綿貫から『北尾雪江も仲間』という真相を訊き出したらと――。

だから雪江は後藤と綿貫を殺しにかかった。だが、還暦を間近に控えた女が簡単に大の男を二人も殺せるはずがない。何かいい方法はないものかと考えるうち、三十一年前に康夫から聞かされたことを思い出す。『綿貫は後藤さんの奴隷のような存在だ』である。そこで雪江は思った。『後藤に虐げられていたのなら、今も綿貫は後藤を恨んでいるのではないか。もしそうなら、後藤殺害に手を貸してくれたら大金を払うと言えば、こっちに協力してくれるかもしれない』と。そこで新宿の興信所を使って綿貫を探し出して接触した。

雪江が突然目の前に現れたことで綿貫は鳩が豆鉄砲を食らったような顔をしたそうだ。そして雪江は、『幸秀の件で後藤に強請られている。このままだとうちの酒蔵まで乗っ取られてしまうだろう。謝礼は弾むから、後藤殺害を手伝ってくれないか』と持ち掛けた。しかし、意に反して綿貫は断ったそうで、雪江は手口を変えた。何度も綿貫の自尊心を逆撫でし、『あなたを奴隷のように扱った男を許せるのか？　あいつは善人のふりをしてのうのうと贅沢な生活をしているというのに、あなたはトラックの運転手。みじめね』と。更に、『手を貸してくれたら前金で一千万円、後藤を殺したら更に一千万円払う。それだけあれば老後も楽になる』とも。

後藤から受けた仕打ちはかなりのものだったのだろう。それに合計で二千万円というニンジンを目の前にぶら下げられ、前金の一千万円まで見せられたことで遂に綿貫は雪江の軍門に降った。自分も殺されると知らずに——。

後藤を拉致した方法はこうである。

雪江は前もって、留浦周辺で防犯カメラと人気がない場所を探し出していた。スーパーから北に一キロほどの所にある廃病院で、そこに後藤を呼び出したのだ。呼び出すのは簡単だったそうで、『康夫が二年前に塩素ガスで殺されていた。どこでどう調べたのか、昨日、警察がうちにきて、三十一年前の幸秀の一件との関連を調べていると言った』と証言した。

幸秀殺害の実行犯としては、詳しい話を訊かないわけにはいかなかったのだろう。後藤は雪江が指定した場所に現われ、そこで綿貫がスタンガンを使って後藤の自由を奪ったという。後藤は綿貫までいることに不審を抱いたのか、『どういうことだ！』と声を荒らげたそうだが、歳を取っても綿貫は大きな男だし、配送業という力仕事もしていた。荒ぶる後藤を難なく押さえつけてスタンガンで自由を奪い、二人は後藤を軽トラの荷台に乗せて留浦の山中まで運び、そこで殺害。

だが、綿貫の恨みは雪江の想像を遥かに超えていた。当初は首を絞めて山中に埋める予定だったが、綿貫は『どうせ殺すんだ。積年の恨みをたっぷり返す』と言って後藤を木の枝から逆さ吊りにすると、用意しておいた釘を無数に打ち込んだ棒で滅多打ちにし始めた。その時の、猿轡の奥から漏れる後藤の悲鳴が今も耳に残っていると雪江は言っていた。

木立の隙間から漏れる月明かりの中、拷問は一時間近く続き、遂に後藤はこと切れた。遺体に無数の穴が開き、血の臭いが辺りに漂っていたそうである。

綿貫の突然の行動で、雪江は計画を変更することにした。後藤の一件は猟奇殺人になることが確実だから、綿貫も同一犯によって猟奇的に殺されたことにしようと。後藤と綿貫の関係が警察の知るところとなっても、幸秀の一件は三十一年前のことだし、連続猟奇殺人事件と幸秀の一件を結びつけて考える捜査員もいないだろうとの考えからだった。

後藤を殺して綿貫と軽トラに戻った雪江は、『残金を払うから二十一日の夜、自宅にきて欲しい』と言って綿貫を最寄り駅まで送り、二十一日までの間に綿貫を猟奇的に殺す方法を模索した。そして辿り着いた結論がドラム缶による茹で殺しだ。酒蔵はボイラーを使うから灯油を入れるドラム缶には事欠かないし、酒蔵にはフォークリフトもあるからドラム缶を軽トラに積むのも簡単。

そして自宅に現われた綿貫をスタンガンで気絶させ、ドラム缶と綿貫を軽トラで第二の殺害現場に運んだ。それから近くの湧き水を汲んでドラム缶を満たすと、殺さないでくれと懇願する綿貫に構わず茹で殺しを決行した。二つの現場に例のスニーカーの足跡を残したこともわざとだそうで、男の犯行に見せたかったからとのこと。

犯罪者は嘘を隠すために嘘を重ねて自滅する。それと同じで、雪江は殺人事件を隠すために殺人を重ねていった。

雪江が幸秀殺しに関わった動機については、鴨川の別荘で智輝が話したことと一致した。元々、雪江が幸秀の許嫁だった。しかし、許嫁といってもそれは親同士が勝手に決めたことであり、妹の秀美を好きだった幸秀は雪江に別れを告げて秀美と婚約した。雪江は本当に幸秀を愛していたそうで、白無垢の花嫁姿で幸秀に寄り添う日を指折り数えていたという。だから、幸秀から『結婚はできない。許して欲しい』と言われた時は自殺を考えたのだそうだ。傷心のまま生き続けることは地獄に身を置いているに等しかったらしく、いつしか幸秀に寄せた深い愛は『あの男は許さない』という復讐心へと変貌を遂げたのだった。

智輝が雪江の関与を知らなかったのは、幸秀の殺害現場に雪江がいなかったからである。幸秀を恨んでいた雪江は、同じく兄を酷く憎んでいた康夫に目を付けた。そこで康夫に近づいて幸秀殺しを持ちかけたのだが、康夫はこう言った。『兄貴は化け物並みに力が強くて俺とあんただけじゃ殺せない、あと二人は男の仲間が欲しい。いくら兄貴でも、男三人と女一人に押さえ込まれたら手も足も出ないだろう』と。康夫の提案が尤もであることから、雪江は一抹の不安を覚えながらも仲間を増やすことに同意。

そこで康夫が声をかけたのが付き合いのあった後藤で、後藤は奴隷同然に扱っていた綿貫をも計画に引き入れた。そして殺害計画の実行日を迎えたのだが、計画に僅かな狂いが生じた。雪江の父親が蔵で倒れ、救急車で病院に運ばれてしまったのである。しかも、父親の傍にいたのが雪江だったことから病院に付き添わないわけにはいかず、約束の集合時間に行けなくなってしまった。

当然、康夫に電話して計画を延期しようと提案したものの、康夫は激怒。『俺達だけで殺る。だけど、お前も仲間だということを忘れるな。計画を立てたのはお前なんだから』と言い捨てた。幸い、父親は大事に至らず、雪江は曙酒造に直行。目にしたのは酒蔵で首を吊る幸秀の無残な姿だった。

島崎智輝は槙野に、『首を吊っている自分を蔵の天井から見た』と話したから、その光景をもっと長く見ていたら雪江も仲間だったことを知り得ただろうに——。

だが、後藤と綿貫を殺害して安堵したのも束の間、予期せぬ事態が立て続けに起こった。まず、見ず知らずの女が訪ねてきて、いきなり包丁で襲いかかってきたという。それが島崎京香で、わけが分からぬまま摑み合いとなって、不運にも島崎京香の首まで刺してしまった。遺体をあの空き地に捨てたのは無計画で、警察が通り魔の犯行と思うだろうと考えたという。

予期せぬ事態はまだ続く。また見知らぬ男が訪ねてきて、スタンガンの一撃を食らわされたのだ。気が付くと縛られた状態であの別荘の地下室にいたそうで、男から包丁を突き付けられた雪江は、恐怖心から真相を全て喋った。

最後に、槙野から智輝のことを尋ねられて『知らない』と言った理由だが、咄嗟に出た嘘だったそうだ。知っていると答えたら根掘り葉掘り訊かれ、遂には辻褄の合わないことを言ってしまうかもしれないと思ったという。後藤を殺して綿貫の殺害計画も進行中だったため余計に慎重になったとも——。

智輝の父親の証言も気になり、有紀は覗き部屋を出て第五取り調べ室に足を向けた。

その矢先、廊下の角から元木が姿を現わした。

「ああ、先輩」

「北尾雪江が全部喋った」

内容をざっと話す。

「そうですか。こっちも島崎さんの証言が取れましたけど、気の毒でなりません。奥さんを殺されて——」

元木の説明を聞き、雪江と智輝の父親の証言に矛盾がないことが分かった。

「ねぇ、先輩。二人の証言を調書に書かなきゃなりません。その調書を読んだ検察官、どう思うんでしょうね。『ふざけてんのか！』って調書を突き返してきたりして」

「事件の根底に流れているのが『前世』の概念だもんね。でも、検察のことまで知ったことじゃない」

とはいうものの、検察側も裁判のことを考えると頭が痛いのではないだろうか。さあ、槙野に電話だ。彼には真相を知る権利があるし、彼がいなければ今回の事件は間違いなく迷宮入りしていた。

8

八月二十日──

素行調査の報告書を作っていると島崎智輝が訪ねてきた。キーボードを打つ手を止めてカウンターに行く。

「色々と大変だったね」

「ええ──。遅くなったんですけどお礼に伺いました」

智輝が提げていた紙袋を差し出す。千疋屋《せんびきや》の包装紙だ。

「お礼？」

「槙野さんのお陰で、父を人殺しにしなくて済みましたから」

東條から、『智輝の父親はすんでのところで思い留まってくれた』と聞かされている。

「俺は何もしてないよ」

顔の前で手を振る。

「いいえ。あなたが父の行き先を突き止めてくれたからです。収めてください」

「そうかぁ──。じゃあ、ありがたく」高畑に目を向けた。「お茶出してくれる」

智輝を応接スペースに促して話を続ける。

「ところで、お父さんは？」

「保釈金を積んで釈放されました。弁護士さんの話だと、裁判で情状酌量が認められて大した罪にはならないだろうって」

「それは何よりだ。国分秀美さんは？」

「会ってますよ。部屋を掃除してくれたり、ご飯作ってくれたり」

智輝がはにかむ。

まるで新婚生活だ。本来なら三十一年前に送るはずだっただろうに——。

「執筆の方は？」

「書いてます」

「大ヒット作になるよう願ってる。きっと読むから——。ところで、分からないことが二つあるんだ」

「何でしょう」

「まず、北尾酒造の杜氏さんが話していたんだけど、『曙酒造の当主は代々短命だ。何か因縁でもあるのかな？』って。偶然？」

ややあって、智輝が首を横に振った。

「これは滝田家に残る言い伝えなんですけど、江戸時代、三代目の当主がお坊さんを殺害したそうなんです」

ここに高坂がいたら身を乗り出すだろう。

「理由は？」

「間男です。今で言えば不倫」

「じゃあ、三代目の当主の奥方と——」

「ええ。それで三代目の当主が激怒してお坊さんを斬り殺し、妻を地下の座敷牢に幽閉。結局、食べ物を与えずに餓死させました」

「ってことは、坊さんと餓死した妻の恨み？」

「と言われています。餓死した妻のいまわの際の言葉は、『末代まで祟ってやる。きっと滝田家を滅ぼしてやる』だったそうで――」

「だけど、不倫したのはその奥方だろ？　当時、不義密通は死罪って決まってたはずなのに――。逆恨みだよなぁ」

「それがそうでもないんですよ。元々、その妻と殺されたお坊さんは許嫁同士でした」

「え？」

「つまり、三代目の当主が横恋慕して二人の仲を裂いたんです。滝田家は酒蔵でもあり豪農でもあったそうですから、そこの当主に見初められたら小作人は逆らえるはずがありません。それで二人は泣く泣く別れ、男は出家して仏門に入り、その後、全国行脚《あんぎゃ》の旅に――」

「だけど、女性と再会したってことか」

「はい。お坊さんが故郷に立ち寄った時、偶然、女性と再会を」

「やけぼっくいに火が点いたか。そして不義と知りつつ深い関係に――」

「だから三代目の当主が暴挙に出ました。まあ､言い伝えですから､尾ひれがついて話が大袈裟になった可能性もありますけどね。とはいっても、康夫が殺されて滝田の血筋が絶えたことは事実です」

「その話、俺は信じるよ」

「もう一つの疑問は?」

「国分秀美さんのことだ。彼女は滝田康夫が殺害されたことを君に言わなかったんだよね」

「ええ。だって、康夫が殺されたことを知りませんでしたから。康夫が殺されたことを彼女に話すと随分驚いていましたよ」

「塩素ガス殺人は巷を騒がせた事件だったのに、どうして知らなかった?」

「事件の前後の半年間は日本にいなかったそうです。クルーズ船で世界一周の旅に出ていたとかで——。娘さんが結婚したことで一人になり、女手一つで子育てしてきた自分へのご褒美にと、ふと思い立ったとかで——。亡くなられたご主人とも、新婚旅行で世界一周クルーズしたって」

被害者のフルネームが報道されるのはせいぜい一週間、以後は姓だけの報道が殆どとなり、一ヵ月もすれば次の凶悪事件が起きて前の事件は忘れ去られたかのように報道されなくなる。国分秀美が半年も洋上にいたのなら、帰国した頃は塩素ガス殺人の話題など消えていただろう。仮にマスコミが小さく扱っていたとしても、被害者のフルネームまでは報道ベースには載らない。だから滝田康夫が殺されたことを知らず、また、北尾雪江からもその話は出なかったに違いない。北尾雪江は塩素ガス殺人の犯人であり、自分が殺した男のことをわざわざ妹に教えるはずもない。

世界一周クルーズか——。

資産家だからできるのだろうが、いつか麻子を連れて行ってやりたいものだ。

エピローグ

三ヵ月後――

帰宅すると、いつものようにニコルの手荒い出迎えを受けた。

顔を舐めてくるニコルをあしらい、電話でリクエストされたシュークリームを麻子に渡す。駅前のケーキ屋で買ってきたのだ。当然、ニコルも食べる。

リビングに移動してショルダーバッグをカウチに置くと、テーブルの上の本が目に入った。単行本である。

「図書館にでも行ったのか？」

「買ったのよ。ネットで料理本を探していたら、たまたま月城さんの新刊を見つけちゃって。あんた、月城さんの調査してたでしょ。それで読んでみようかと思って」

「ふ〜ん」

本を手に取ってみた。タイトルは『前世からの招待状』だ。帯には『前世の記憶を持って生まれた悲しき男。そして男は決意した、死に別れた婚約者に会いに行こうと――』とある。

例の小説だ。母親のことがありながら、ちゃんと仕上げたようだ。こうして書籍化されたのだから出版社も売れると判断したか。

「もう読んだのか？」

「うん。月城さんの作品とは思えなかった」

「え？」

「ホラーじゃないのよ。神秘性の高いラブストーリー」

「ラブストーリー？」

「そう」

母親のことがあったからプロットを書き変えたか？　しかし、ラブストーリーにしたことで新刊を上梓できたことは事実。島崎京香が生きていたら、この本を読んで何を思う？

「どんな話だ？」

「前世の記憶を蘇らせた若い男性が、前世で死別した今は壮年期に入った恋人に会うわけ。でも、彼女は簡単に信じてくれないのよ。当然よね。だけど彼女は、青年からいろいろなことを聞かされて心が揺れ動くの。『自分と死んだ恋人しか知らないことを、どうしてこの青年は知っているのか』って」

「そして主人公の言ったことを信じて、やがて二人は暮らすようになる？」

「あれ？　読んだの？」

「読んでねぇ。勘だよ、勘」

「あっそ――。そうなのよ、二人は一緒に暮らし始めるの。でもね、歳が三十五歳も離れているから色々と問題が出てきちゃって」

それはあるだろう。

「結末は？」

「二十数年して、中年となった主人公が老婆となった恋人を看取るの。そして彼女の亡骸に、『来世はきっと一緒になろう』と囁いて――」麻子が涙目になる。「感動の物語だった。泣けて泣けて……」

「そいつはよかったな。それより腹減った」

「はいはい。今日は回鍋肉《ホイコーロー》よ、温めてくるね」

麻子がリビングを出て行き、槙野は本の表紙を捲った。

この中に、島崎智輝と国分秀美の思いの丈《たけ》が詰まっているようだ。きっと智輝も、国分秀美を看取る気でいるのだろう。

目次に目を通すと『再会』の項があった。この項には事実が書かれているはずだ。二人が再会した経緯が気になり、カウチに座ってそのページを開いた。


――――

胸の高鳴りを抑えきれぬまま車を降り、目前の立派な二階家を見据えた。興信所に依頼してやっとここを突き止めたのだ。彼女は十三年前に夫と死別して今は一人暮らしだという。二十七歳の娘がいるそうだが、その娘は結婚して大阪で暮らしているとのこと。彼女が家族に囲まれて暮らしているなら訪ねないつもりだったのだが――。

臨終直後の自分を上から見つめた時のことが蘇る。病に敗れ、寿命の蝋燭が燃え尽きたあの時のことが――。

彼女は僕の遺体に縋って泣きじゃくっていた。『僕はここにいる』と叫んでも、彼女をはじめ、病室にいる誰も知らんぷりをしていた。そしていつしか光に包まれ、気が付いたら母の胎内にいた。

臨終から三十五年、彼女に会えば、老いという残酷な現実を突き付けられることは分かっている。しかし、会わずにはいられない。別の人生を歩んで家庭を持ったとはいえ、彼女がこの世で最も大切な存在であることに変わりはないのだから――。

車のドアをロックして門まで進んだ。報告書のとおり、表札は『榊原』だ。

覚悟を決め、少し震える指を門柱のインターホンに伸ばす。

《はい》とすぐに返事があり、心臓が大きな鼓動を打ち鳴らした。間違いなく彼女の声だった。

「榊原裕子さんでしょうか？」

《ええ。そうですけど》

「突然、お伺いして申しわけありません。妻木優斗《つまきゆうと》と申します。柏木俊哉《かしわぎとしや》さんのことでお尋ねしたいことがあってお邪魔しました」

返事がない。まさか三十五年も前に死んだ婚約者の名前を聞かされるとは思ってもいなかったのだろう。

「柏木俊哉さん、ご存知ですよね」

《――ええ……。妻木さんと仰いましたね。俊哉さんとはどういったご関係でしょう？》

「身内に近い――としか。お話、できませんか？」

《お待ちください》

ほどなくして玄関のドアが開き、僕の頬を涙が伝った。長い歳月を感じさせるものの、彼女の面差しはあの頃のままだ。ロングのフレアスカートにからし色のセーター、肩までの髪は栗色に染められている。正直に言うと、もっと老けた彼女を想像していたが、実年齢よりずっと若く見える。本来なら、彼女と共に人生を歩むはずだった――。

小皺の一つ一つに彼女の人生が刻まれているのだろう。三十五年前に僕という婚約者を失い、それから今まで、どう生きてきたのだろう？　こんな立派な家に住んでいるのだから、少なくとも経済的な苦労はしなかったようだが――。

裕子が自然石の階段を下りて門までやってきた。

「お若い方だったんですね。俊哉さんのことでみえられたと仰ったから、もっと年配の方かと思いました」

「僕は十九歳ですけど、三十五年前のことはよく知っています。俊哉さんが奥多摩総合病院の四〇三号室で亡くなったことも、その時あなたが、白いブラウスにサックスのロングスカート姿だったことも」

裕子が目を泳がせ、口に手を当てた。

「どうしてそんなことまで――」

「見ていたからです」

一瞬で彼女の眉間に皺が寄った。

「ふざけてるんですか！　十九歳のあなたが、三十五年前の世界にいられるはずがないでしょう」

「いいえ。僕はあの場にいたんです」

裕子が腰に手を当てる。

「警察呼びますよ」

「どうぞ。でもその前に、三十六年前のクリスマスイブの話をさせてください」

明らかに、裕子の目から怒りの色が消えた。

「帝国ホテル東京のＬ・セゾンというフレンチレストラン」

胸の前で手を組んだ裕子が、こっちに一歩近づく。

「柏木俊哉はそこで婚約指輪をあなたに渡し、こう言いました。『いつまでも傍にいて欲しい。二人で日本一の酒を造ろう』と」

裕子の目から大粒の涙が零れ、彼女はかぶりを振った。

「あの時のこと、あなたが知っているはずがない。知っている――はずがない……」

混乱するのは当然だ。

「いいえ、よく知っています」

「――どうして……」

「まだまだ、あなたしか知らないことを僕は知っています。例えば、あなたの左の乳房に菱形に並んだ四つの黒子があること。さあ、質問してください。その質問の全てに答えましょう」

「まさか――」

察してくれたか？

「裕子さん。いや、裕子。君は生まれ変わりを信じるかい？」

裕子が両手で顔を覆う。

「嘘でしょう……。胸の黒子のことは俊哉さんと亡くなった主人、娘の三人しか知らないことなのに
――」

「嘘なもんか。僕だ、柏木俊哉だ」

裕子がその場に崩れ落ちていく。

「どうして今になって。どうしてこんなおばさんに会いにきたの？」

「こずにはいられなかった。興信所で君を探し、今は一人で暮らしていると知ったからだ」

裕子がふらりと立ち上がり、門扉を開けた。


――――


立川の国分邸でこれと同じ光景が繰り広げられたのだろうが、国分秀美の心中は如何ばかりだったか。それこそ、夢を見ているような錯覚に見舞われたに違いない。

この作品を東條が読んだらどんな反応をするだろう？

そこへ、「ご飯、できたわよ」の声があり、槙野はそっと本を閉じた。

近いうちに全篇を読んでみるか――。

携帯が鳴った。鏡からだ。
「はい」
《急な話なんだが、職員を募集することにした》
「募集？」
このロぶりからすると高坂を入れるわけではないようだ。それなら職員を増やすと言うだろう。
嫌な予感がした。国分秀美の家を張った日の、早瀬のどこか不自然な笑顔が像を結ぶ。
「まさか――」
《早瀬君が辞めたいと言ってきた》
「どうして？」
《一身上の都合としか言わなかった。勿論、引き留めたんだが、申しわけありませんと言うばかりでな》
「承諾したんですね」
《無理強いもできんだろ》
「まあそうですよね」
《今日の彼女の目、うちに面接にきた時の目と同じだった。不安そうな、思いつめているような――》
鏡は早瀬の目を見て、これは放っておけないと感じて採用したという。
《心の内を打ち明けてくれたらなぁ》
甚だしく同意だ。
「それで、退職する日は？」

《今日明日というわけじゃない。次の職員が決まるまでは続けますと――。まあ、そういうことだ。先生にも伝えてくれ》

鏡が話を終えた。

早瀬に何があった？　再び思いつめたような目をしたのは何故だ？

初めて調査に連れて行った時のことが蘇る。こんな華奢な女が使いものになるだろうかと思った。探偵業の厳しさに音を上げて、すぐに辞めてしまうだろうとも思った。だが――。

調査で広島に行ったが、何故か早瀬は惨殺現場にもついてきた。あの時のことが蘇ってくる。

――

「早瀬、お前はここにいろ。現場を見て卒倒されたら困る」

「いいえ。私も行きます」

「現場は血の海なんだぞ」

「平気です」

「ダメだ」

何を考えているのか――。

「行きます！」

現場を見せろ見せないの押し問答が数回続き、とうとう根負けして早瀬を同行させた。あの山深い幽霊滝に行った時もそうだった。

――


「明日、幽霊滝に行ってくる」

「私も行きます」

「本気で言ってんのか？　電気も水道もない険しい山の中なんだぞ。熊だって出るかもしれない」

「本気です。東條さんだって行きました」

「彼女は特別だ。鍛え方が違う」

「私だって、陸上でインターハイに出ましたよ。それに、探偵なら女であっても、どんな所にも行かなきゃならないと思います」


――

一本取られたと思い、渋々早瀬を同行させた。

そして早瀬はその後も歯を食いしばり、昼夜を問わずのハードワークに耐えて一人前になった。そんな早瀬が辞めたいと言い出すとは……。そもそも、どうして探偵になった？

高坂を呼び出すと今日もワンコールで出た。

《仕事ですか⁉》

「そうじゃない。悪いニュースだ」

『MEMORY――螺旋の記憶――』解説

波多野健

吉田恭教特有の世界が色濃く滲み出ている作品といえば、やはり、この槙野康平と東條有紀のシリーズであろう。その基調は過激なまでに極端であり、誰が読んでも吉田恭教だとわかる――畜生道に堕ちた犯人がやりたい放題、残虐非道の振る舞いをして、犯行現場や被害者の描写は目をそむけるしかない有様となるものが多い。犯人ばかりではなく被害者が鬼畜としかいいようがないこともある。そして全作に通底する、合理的解釈を超越した風土的（土俗的ではない）底流の存在感。

この基調は第一作『可視《み》える』から始まるが、この第六作『MEMORY――螺旋の記憶――』でも、犯行が行われた奥多摩の山林や高尾山の雑木林は人外境の様相を呈する。なにしろ、第一の被害者は木の枝に吊るされて、釘を無数に打ち付けた棍棒で殴打・半殺しにされた上、生きたまま腹を切り裂かれて腸が垂れ下がった腐乱死体となって発見されるし、第二の被害者も木の枝に吊るされてドラム缶で茹でられ、火傷で真っ赤に膨れ上がった死体は、腹部の皮膚が剝げて垂れ下がっているという悲惨なものなのだから。

槙野康平は警視庁を追われた組対（組織犯罪対策部）の元刑事で、現在は元上司、鏡博文が経営する私立探偵事務所で働く、普段は浮気調査や素行調査に従事する探偵だ。もう一人の主役、東條有紀は警視庁で「捜一八係の鉄仮面」という綽名を貰う、捜査一課第四強行犯捜査八係第二班の刑事で、二人はどういうわけか、連絡を取り合って凶悪事件を追う巡り合わせになる。東條は姉の恵が強姦・殺害されてから心を鎧った、犯人との暴力の応酬も厭わない危ない女刑事である。同時に、男を受けつけず、恋人生田友美との同棲と官舎生活とを往復する女である。

槙野も有紀も東京で働いているから、きっかけとなる事件自体は東京都内で起きて、二人の仕事となるわけだが、しばしば舞台となるのは島根県の旧石見国や隣接地区、山梨県の青木ヶ原や富士五湖近辺などである。まず、『可視える』が石見銀山の傍の神社にあった幽霊画の作者を捜すことから始まり、陰惨な連続女性誘拐殺傷事件に至る、一種の芸術家小説的側面のある作品であった。第四作『化身の哭く森』は、舞台が広島県側だが山を越えると石見国という三次市北方の山間部で、東京の殺人事件と交差する。第五作『亡霊の柩』では石見の仁摩に立ち戻り、東京と島根県松江市や大田市仁摩町の殺人事件が交錯する。第二作『亡者は囁く』と第三作『鬼を纏う魔女』では、富士山周辺に舞台が移り、幽霊が出るという、部屋中に梵字の札が貼り付けられた「開かずの間」のある旅館や青木ヶ原の秘境が舞台になるが、基調は石見の作品群と変わらない。

風土というものが推理作品に何かしらの影響力があるとしたら、吉田恭教の槙野康平・東條有紀シリーズは島根県の石見近辺の風土を色濃く受け継ぐ作品である。水上勉作品を論じるとき、越前・若狭の風土に触れずにはおれないように、吉田作品も作者が住む石見の風土が重く暗い基調を作っている。『可視える』当時から吉田氏は〈島根県在住〉〈一本釣り漁師のかたわら執筆活動を行う〉と紹介されていた。『亡霊の柩』では、石見の漁師という経歴が海難事故の裏の物語のリアリティを保証し、大田市仁摩町在住ということが、被害者たち仁摩に育った群像のリアリティを保証する。

石見国や、石見と出雲・備後が接する奥地は、江戸時代にはもう人外秘境となっていた。あの本居宣長が『玉勝間』九の巻に、「石見国なるしづの岩屋」という段を設けて、

石見国邑智郡岩屋村といふに、いと大きなる岩屋あり。里人しづ岩屋といふ。出雲備後のさかひに近きところにて、浜田より二十里あまり東の方、いと山深きところ……いにしへ大穴牟遅少彦名二神の、かくれ給ひし岩屋也と、むかしより、里人語りつたへたり。……後の世の人の、つくりていふべきところともおぼえねば、かならずふるきよしありて、ただならぬところとはきこえたり。(岩波文庫『玉勝間(上)』)

【石見国の邑智郡岩屋村というところに、非常に大きな岩屋がある。里の者は、「しづ岩屋」という。出雲（島根県東部）・備後（広島県東部）との国境《くにざかい》に近いところで、浜田から二十里あまり東の方、非常に山深いところ……昔、大国主命・少彦名命の二神が隠れられた岩屋だと昔から里の者が語り伝えている。……後世の人が捏造できることとも思えないので、必ず古い由緒のある、ただならぬ場所と思われる。】カッコ内拙訳。

と述べる。また海の方も、七の巻に「石見の海なる高嶋」という段を設け、

石見国の浜田の海中に、高嶋といふ嶋あり。……此しま、めぐり五里ありて、四方のめぐりは、いづこも〳〵みな、いみしく高き岩にて、岸なる海深く、船よせがたし……人の家は、ただ七戸ありしが、今は十戸に分れたりとぞ……此嶋には、鼠のいといと多く有て、物をくひそこなひ、人をもくふこと、よのつねならず。一とせ浜田より人をつかはして、からせられけれども、かりえず、力およびがたかりしとぞ、いとあやしきこと也。さてこのしま人、男も女も髪あかく、いと賤《あや》しげなるさま也。……此嶋に、祇園宮といひて、氏神とする社有、いかなる神を祭るにか、さだかならず。（同上）

【石見国の浜田沖に、高島という島がある。……この島は、周囲が五里あり、四方はどこもかしこも非常に高い岩壁になっていて、崖下の海も深く、船を寄せるのが難しい……人家は、七戸だけだったが、今は十戸に分れているそうだ……この島には、鼠がやたら多く、物を食い荒らし、人を食うこともあるなど、尋常ではない。ある年、浜田から人を派遣して、鼠を捕らせたが、狩りつくすことはできず、力が及ばなかったとのことで、非常に不可解なことである。さて島民は、男女とも髪は赤毛で、非常に珍しい容貌をしている。……この島には、祇園宮という氏神の神社があるが、いかなる神を祀っているのか、さだかではない。】

と述べる。生真面目で学研的な『玉勝間』に、こんな記事は石見国関係以外にはない。加えて、石見国三隅の住人、小篠御野と弟子の齋藤秀満が出雲大社に参拝したあと、「黄泉の穴」と呼ばれる地を齋藤秀満が探訪したことが、十の巻「出雲國なる黄泉の穴」の段にある。

まづ杵築より東、鰐淵山をこえて、東北の方、海ちかき所、川下村といふを過ぎて、奥岡村といふに至る。かの黄泉の穴は、此村の山に有ル也。……此穴、里人は冥途の穴といへり。そのわたりの者も、おほくはしらず、この奥岡村のものを、導《シルベ》にゐて行きたる。年七十ばかりなる翁にて、語りけるは、此穴來て見たる者は、いとまれ也、年わかきは、里の者だに、かつてしらずとかたりける。……又かの翁がいひけるは、此穴より、毒氣《アシキケ》ののぼることあるに、ふれぬれば、たちまちに息絶る也と、いひつたへたり（同上）

【まず、（出雲大社のある）杵築から東方の鰐淵山を越えて、東北側、海が近いところにある川下村というところを通って、奥岡村というところに着く。「黄泉の穴」はこの村の山中にある。……この穴を里の者は「冥途の穴」と言う。そのあたりの者でも知っている者が少ないので、奥岡村の者を道案内に雇って行った。案内人は七十歳ほどの老人で、その言うところによると、この穴を見に来た者はごく僅かで、若い者となると、里の者でさえ見に来た例を知らない、と語った。……また、老人が言うところによると、この穴から毒の蒸気が出てくることがあり、触れるとたちまち息が絶えると言い伝えられている。】

江戸時代でさえこういう異境感で語られる地であった。

こんな風土を直接受け継ぐ『可視える』『化身の哭く森』『亡霊の柩』に対して、最新作『MEMORY——螺旋の記憶——』は、舞台を東京に移し、土俗的な要素はぐっと抑えられる。そのかわり、石見の風土を離れたのを補ってあまりある、とびきりの超常現象が導入される。「輪廻転生」である。東京都内とはいっても、西多摩郡奥多摩町留浦《とずら》に三十年前まで存在した造り酒屋の亡き当主がらみとなると、異境めいて、輪廻転生が出て来ても異和感を覚えない。

事件は、むかし鏡が探偵事務所を始めた翌年、まだ槙野らを雇う前に舞い込んだ奇妙な依頼から始まる。依頼人は、〈分かっているのは、トズラには酒蔵があって、そこの当主がタキタユキヒデという人物であるということだけです。そのユキヒデのことを調べていただきたいんです〉と言う、島崎京香という見るからにセレブの女性であった。

〈トズラ〉は奥多摩の留浦しかなさそうなので、鏡が現地調査に入ると、酒蔵は廃業し、跡地はスーパーになっており、滝田幸秀が廃業の前年に死んだこと、曙酒造を畳んだ弟の滝田康夫は存命というところまで確認できた。元従業員を探し当てて、高崎の北尾酒造で杜氏をしている立石という老人に会うと、幸秀は自殺だったという。

それから九年、ふたたび島崎夫人から鏡への依頼が来た。大学生でホラー作家でもある息子の智輝が行方不明になったので探して欲しい、きっと九年前の調査と関連していると、なぜか確信しているのだった。

こうして、槙野が調査にかかると、輪廻転生を前提としないと説明のつかない事件の輪郭が浮かび上がってくる。

東條有紀の方は、奥多摩の連続逆さ吊り殺人の捜査を担当していた。被害者たちが旧曙酒造に関係のある男たちだったことが、槙野から有紀への通報でわかり、二人が追う事件がだんだんと繋がってくる。滝田康夫も、二年前、兄の死から二十九年後に便所に塩素ガスを仕掛けられて殺されていた。もしや三十一年前の滝田幸秀の「自殺」にも事件性があるのでは？

こうして深淵に螺旋を描いて落ちていくような底が知れない事件になっていく。

こんな輪廻転生がらみの超常的なシチュエーションに立ち向かうには、常識も前例も通用しないから、ただひたすらファクト（事実）に基づいてロジック（論理）だけをたよりに真相を手探りで模索するしかない。槙野も有紀も、この事件では警察とか探偵事務所の立場や、思惑にとらわれず、お互い事実が判明してくるたびに率直に情報交換をし合う。おかげで読者は、スピード感をもって捜査の最前線に立ち会える。

二十一世紀日本の本格推理小説界では、異世界物・特殊設定物の作品に共通して求められることがある。それは、異世界であればあるほど、論理の整合性、設定の首尾一貫性、エッジのきいた輪郭、そして読み終わった読者が、描かれた世界の存在感を感じられること――がいっそう強く求められるということである。

『ＭＥＭＯＲＹ――螺旋の記憶――』ではどうか。初めは輪廻転生など信じていなかった槙野だが、もともと『亡者は囁く』の体験で、幽霊の存在を信じるところまで来ていたので、調査が進むにつれ、輪廻転生した人物の前世の記憶がよみがえっているとでもしなければ説明できない事象が積み重なると、いやおうなしに輪廻転生を受け入れる。輪廻転生したと疑われている青年、智輝は、精神科の医師の手で、記憶を前世まで退行誘導する退行催眠療法を施されていた。催眠療法を受けてすぐ失踪したということは、前世の記憶が本当に完全回復したのか？

『ＭＥＭＯＲＹ――螺旋の記憶――』は、前世の記憶によって、三十一年前の事件の真相を知っている若者が出現したことが、昔の事件関係者に波紋を拡げる物語だから、本人はじめ事件関係者全員の行動のロジックの運びに破綻があってはならない。

　輪廻転生という、異世界・特殊設定のなかでも、とっておきのモティーフを導入するわけだから、首尾一貫した構想のもとに、過去現在の登場人物集団が合理的行動をしているか、矛盾ない世界を構築しえているかどうかが精査される。それを作品の外から精査するのが読者である。そのときは、ロジックの運びにわずかでも破綻があった人物が犯人だと推理できるはずである。

　だが、本書が出色なのは、作品世界の内側にも、そういう精査をする登場人物がいるということである。このメタ的構造は――槙野や有紀よりも先に、その論理破綻に気づく事件関係者がいるというプロットに結実し、その結果、謎が謎を呼ぶ展開となって、見事である。

『ＭＥＭＯＲＹ――螺旋の記憶――』の大胆な試みが成功だったかどうかは、読後感の爽やかさでも判定できる。われわれは、ちょうど神秘劇の観客のように、戦慄と共にカタルシス感を持って、この恐るべき輪廻転生劇が演じられた劇場を後にするのである。（了）

本書は書き下ろしです。
この物語はフィクションです。
実在の人物・団体とは一切関係ありません。

MEMORY―螺旋の記憶

2020年　10月27日　第一刷発行

著者　吉田恭教
発行者　南雲一範
装丁者　岡 孝治
校正　株式会社鷗来堂
発行所　株式会社南雲堂
東京都新宿区山吹町361　郵便番号162-0801
電話番号　(03)3268-2384
ファクシミリ　(03)3260-5425
URL https://www.nanun-do.co.jp
E-mail nanundo@post.email.ne.jp
印刷所　図書印刷株式会社
製本所　図書印刷株式会社

ISBN 978-4-523-26598-6 C0093